Le più belle storie della Befana

Paola Parazzoli

Le più belle storie della Befana

Illustrazioni
Michael Grieco - Francesca Carabelli

GRIBAUDO

Introduzione

Tutti gli anni, tra il 5 e il 6 gennaio, a ricordo della notte prodigiosa in cui la stella cometa rischiarò il cammino dei Re magi che portavano i loro doni a Gesù bambino, arriva la Befana per la gioia di grandi e piccini.
A cavallo della sua magica scopa, la buona vecchietta, vestita con la lunga sottana rattoppata, lo scialle e le scarpe consumate, un sacco sulle spalle, vola di tetto in tetto, entrando di nascosto nelle case. Porta in regalo dolcetti e giocattoli, e li infila nelle calze e nelle scarpette che i bambini hanno appeso alle finestre o ai piedi del letto.
Ma si dice che a volte, quando un bambino è stato un po' monello e capriccioso, la befana riempie la calza di carbone. Succede spesso? Non si sa.
In fondo tutti i bambini si meritano un dolcetto, magari proprio per diventare più buoni.

La Befana vien di notte

*La Befana vien di notte
con le scarpe tutte rotte,
con le toppe alla sottana,
viva, viva la befana.*

*La befana vien di notte
con le scarpe tutte rotte,
con la gerla sulle spalle
e le calze a righe gialle.*

*La befana vien di notte
con le scarpe sempre rotte,
porta cenere e carboni
ai monelli ed ai birboni,
ma ai bambini molto buoni
dona dolci e ricchi doni.*

Giulia, Cecilia e la dea Strenua

Tanti e tanti secoli fa, nell'antica Roma, la notte del 25 dicembre si accendevano grandi falò per salutare l'anno che se ne andava e accogliere il nuovo anno che arrivava. Era il Natale del Sole e portava allegria nelle giornate di tutti, ma soprattutto in quelle dei bambini.

I primi giorni dell'anno, infatti, si festeggiava
anche la dea Strenua, la divinità buona
che proteggeva i bambini e portava doni e salute
a tutti quanti.
Era l'antenata della Befana di oggi.

Giulia e Cecilia, figlie di Claudia e Tito, il primo giorno dell'anno si svegliarono prestissimo.
Si alzarono senza fare i soliti capricci: dovevano andare con la mamma a raccogliere i rami di ulivo e di alloro nel boschetto sacro, caro alla dea.
Con i ramoscelli la mamma preparava mazzetti che legava con un nastro, per adornare la loro casa e regalarli ai parenti e agli amici.

Le due sorelline erano molto eccitate e non vedevano l'ora di uscire. Non capitava certo tutti i giorni di andare a spasso con la loro mamma. Senza far troppe storie, si lasciarono intrecciare i capelli e infilare la tunica di lana.
Poi si avvolsero in pesanti mantelli per non prendere freddo.

Finalmente uscirono: l'aria era frizzante,
la mamma camminava tenendole per mano
e le ancelle le seguivano portando i cesti
per mettere i rami.
Le strade erano già affollatissime, i mercanti si
affacciavano dalle botteghe gridando ed esibendo
il vasellame, la verdura e la frutta più bella.
Ma quello che piaceva più di tutto a Giulia
e a Cecilia erano le botteghe dove si vendevano
le statuine di creta dipinta e i dolcetti.

«Bambine, fate le brave, non tiratemi in questo modo, mi fate inciampare! Passiamo dopo dalle botteghe. Tra poco saremo al tempio di Strenua e nel boschetto a prendere i rami. Su, state tranquille.»
«Va bene, mamma.»
Ma le bambine erano troppo agitate per fare le brave, continuavano a saltellare e a tirare la veste della mamma per attirare la sua attenzione su ogni cosa che vedevano.

A un certo punto un cagnolino tagliò loro la strada. Era solo un cucciolo, e guaiva spaventato.
«Poverino, dev'essersi perso» disse Giulia.
«Cecilia, vieni, andiamo a salvarlo.»
Fu un attimo. Approfittando della distrazione della mamma, che stava parlando con le ancelle, le due sorelle, tenendosi per mano, si misero all'inseguimento del cucciolo.
Volevano prenderlo e tornare subito dalla mamma. Ma il cagnolino correva, zigzagando tra le gambe dei passanti. Per stargli dietro, le bambine si allontanarono sempre di più... Quando finalmente riuscirono a raggiungerlo e a prenderlo in braccio, si accorsero di essersi smarrite.

Erano arrivate in un boschetto, e c'era un piccolo sentiero tra gli alberi. In lontananza si sentivano delle voci.
«E adesso che facciamo?» chiese Cecilia con la voce rotta dal pianto. «Io ho paura.»
«Non temere» la rassicurò la sorella, che era più grande e molto coraggiosa. «Seguiamo il sentiero. Il tempio di Strenua non dev'essere lontano. E lei si prende cura dei bambini e anche degli animali.»

Tenendo stretto il cagnolino sotto il mantello, Giulia prese la mano di Cecilia e insieme percorsero il sentiero che le portò al tempietto di Strenua. Due sacerdotesse andarono loro incontro, e una di loro chiese: «Che cosa fate qui da sole? Entrate ché fa freddo». E le portarono davanti a un braciere acceso di fronte alla statua di Strenua.
«Venite a scaldarvi, vedo che avete anche un bel cagnolino. È vostro?»
«L'abbiamo trovato» disse Giulia. «Si era perso e noi lo abbiamo seguito. Così ci siamo perse anche noi.»
«Qui siete al sicuro, Strenua vi protegge» disse l'altra sacerdotessa.
«Prendete, ho una mela a testa per voi.»

Mentre le bambine stavano mangiando, sentirono una voce che le chiamava: «Giulia, Cecilia, dove siete?». Era la mamma, che era arrivata al tempio.
«Siamo qui, mamma» gridarono le sorelline, correndo fuori.
«Che spavento mi avete fatto prendere. Perché siete scappate?»
«Non siamo scappate, abbiamo seguito lui...» e Giulia mostrò il cucciolo alla mamma.
«Possiamo tenerlo?»
La mamma sorrise e le strinse forte.
«Va bene, bambine, ma non fate mai più una cosa simile. Potevate perdervi sul serio. Meno male che la dea vi ha protetto. E ora andiamo, e prima ringraziamo le sacerdotesse per l'ospitalità che vi hanno dato.»

Giulia e Cecilia trascorsero il resto della mattina a raccogliere rami di alloro e di ulivo, e quando tornarono a casa aiutarono la mamma a comporre i mazzetti. Era stata una mattina molto emozionante.
Ma la giornata non era ancora finita.
Quella sera ci fu un grande banchetto. Claudia e Tito avevano invitato tutti i parenti e gli amici per fare festa insieme. Ogni invitato ebbe in dono un mazzetto di alloro e ulivo, e una candela colorata. Anche Giulia e Cecilia ebbero una sorpresa. La mamma disse che era da parte della dea Strenua: dentro due piccoli cesti trovarono alcune statuine colorate e tanti pupazzetti di marzapane.

La piccola Helga
e Frau Holle

La piccola Helga uscì dal castello in lacrime.
Era scappata dopo il guaio combinato
dal gatto con le matassine di lana.
Ma cominciamo dall'inizio della nostra storia.

Helga era una bambina di undici anni a servizio
di Ildegarda, la dama del castello di Fraburg.
Cardava e filava la lana, e inoltre preparava
le matassine colorate per la sua signora,
che stava tessendo un grande e bellissimo arazzo
con una scena di caccia. L'aveva quasi terminato.
Ildegarda voleva fare una sorpresa al marito,
il duca Erich, e donarglielo nel giorno
dell'Epifania.

Ildegarda spesso faceva sedere la piccola Helga
accanto a sé: l'aveva presa a benvolere
e le insegnava l'arte della tessitura.
Helga era felice di essere la prediletta della
sua signora, ma sapeva anche che la dama poteva
essere molto severa, tanto era meticolosa
nel lavoro e pretendeva che ogni cosa fosse precisa
e ordinata.

Purtroppo quella mattina, uscendo dalla stanza dopo aver appoggiato le matasse di filo accanto al telaio, Helga aveva dimenticato di chiudere la porta, così Zaffirino, il vivace gattino dagli occhi blu, si era infilato nella camera e si era messo a giocare con le matasse e i fili della trama, ingarbugliandoli e rovinando parte dell'arazzo.

Entrando nella stanza, e avvicinandosi al telaio,
Ildegarda si era subito accorta della malefatta.
Aveva chiamato Helga e l'aveva aspramente
sgridata, ritenendola responsabile dell'accaduto.
In un momento d'ira le aveva gridato: «Vai via».
Non voleva certo cacciarla, ma Helga, confusa
per il disastro causato dalla sua disattenzione,
interpretò male le parole della dama e fuggì.
Scese dallo scalone in volata, attraversò il cortile
e poi, passando sotto il naso delle guardie, superò
il ponte levatoio e corse sulla strada coperta di neve.
Era diretta al laghetto, anzi, al grande salice che
sorgeva sulla riva del lago, in una radura nascosta,
da sempre suo rifugio segreto.
Si fermò soltanto quando fu arrivata. Si accasciò
su una pietra, sotto i lunghi rami coperti di brina,
e appoggiandosi al tronco pianse a dirotto.

Poco dopo stava ancora piangendo sconsolata,
e non avvertì il vento tiepido che si era alzato
all'improvviso. Poi, tra le lacrime, vide accanto
a sé una giovane dall'aspetto soave, con lunghi
capelli d'oro che
le scendevano sulle spalle.
«Che cosa ti è successo, piccina? Perché stai
piangendo?» le chiese la bella dama.
Helga la riconobbe all'istante e rimase a bocca
aperta.
«Frau Holle!» esclamò. Era proprio lei,
la protettrice delle filatrici, fata buona,
signora indiscussa dei campi e delle acque.

Frau Holle ricordava molto la Befana per le cose
buone che faceva, ma diventava tremenda
con chi era egoista e prepotente. Allora si
trasformava in una vecchia spaventosa che,
a cavallo di una scopa, volava sulle case
delle persone cattive mettendo loro paura.
Alla sua comparsa sulle rive del lago, come
per incanto, il ghiaccio in superficie si era sciolto
e ora sull'acqua galleggiavano due candidi cigni;
i rami del salice si erano rivestiti di foglie, la
neve era scomparsa e al suo posto era cresciuta
un'erbetta tenera e profumata.

«Allora, Helga, mi racconti cos'è successo?» insistette Frau Holle sorridendo.
Come faceva a sapere il suo nome? Ma già, era Frau Holle, lei conosceva il nome di tutti.
La bambina dapprima balbettò parole senza senso, poi cominciò a raccontare di fila quanto era accaduto al castello, narrò della sua distrazione, della porta lasciata aperta, del gatto, dell'arazzo rovinato.

Frau Holle scoppiò in un'allegra risata. «Tutto qui?
È per questo che piangi come una fontana? Sei
stata sbadata, certo, e questo ti servirà di lezione.
Ma a tutto c'è rimedio, mia piccola amica.»
Helga si sentì rincuorata. Frau Holle la prese
per mano e l'aiutò ad alzarsi.
«Asciugati quelle lacrime, torniamo insieme
al castello. Non è fuggendo che risolvi i tuoi
problemi, bambina mia. Adesso vai a chiedere
scusa alla tua signora, e vedrai che lei
ti perdonerà.»
«Ma lei mi ha detto di andarmene» disse Helga
incerta.
«Sì, ma l'ha detto in un momento di collera,
non ti ha cacciata per sempre. Tu promettimi
che le chiederai scusa e vedrai!»

Così dicendo, erano arrivate al grande portone del castello. Quando Helga si girò per salutare e ringraziare Frau Holle, lei era già sparita, come per magia. Intanto il sole era tramontato dietro il castello ed era spuntata la luna.
Helga percorse il cortile, e col cuore pesante si diresse verso la sala dove la signora era solita cenare. Bussò alla porta, cauta.
«Avanti» disse Ildegarda.
«Signora, mi perdoni» disse Helga, entrando.
La signora si alzò da tavola e le corse incontro.
«Dov'eri finita?» le disse. «Ti ho fatta cercare, le guardie mi hanno riferito che ti hanno vista uscire di corsa…»
«Io… io mi sono vergognata tanto per quel che ho fatto e poi lei mi ha detto di andarmene.»
«Sciocchina, ero arrabbiata, lo ammetto.
Ma non volevo certo che tu scappassi. Il lavoro si può rifare, ma tu hai rischiato di congelarti, là fuori, lo sai?»

Helga non sapeva se riferire del magico incontro
che aveva fatto al laghetto: forse la signora avrebbe
pensato che raccontava bugie. Così preferì tacere.
«Vieni, siediti e prendi una tazza di brodo caldo,
poi andiamo insieme a vedere come si può
rimediare al danno che ha fatto Zaffirino.»
Ubbidiente, Helga mangiò la minestra e poi seguì
la signora nella sua stanza.

La camera era illuminata da due torce
e nel camino ardeva un fuoco vivace
che rischiarava il telaio.
Ildegarda e la bambina si avvicinarono e...
prodigio! Il danno era sparito, anzi, l'arazzo
era terminato, senza neppure un filo fuori posto.
«Che cosa è accaduto? Chi l'ha finito?» esclamò
la dama stupefatta.
«Forse io lo so» sorrise Helga. E cominciò
a raccontare.

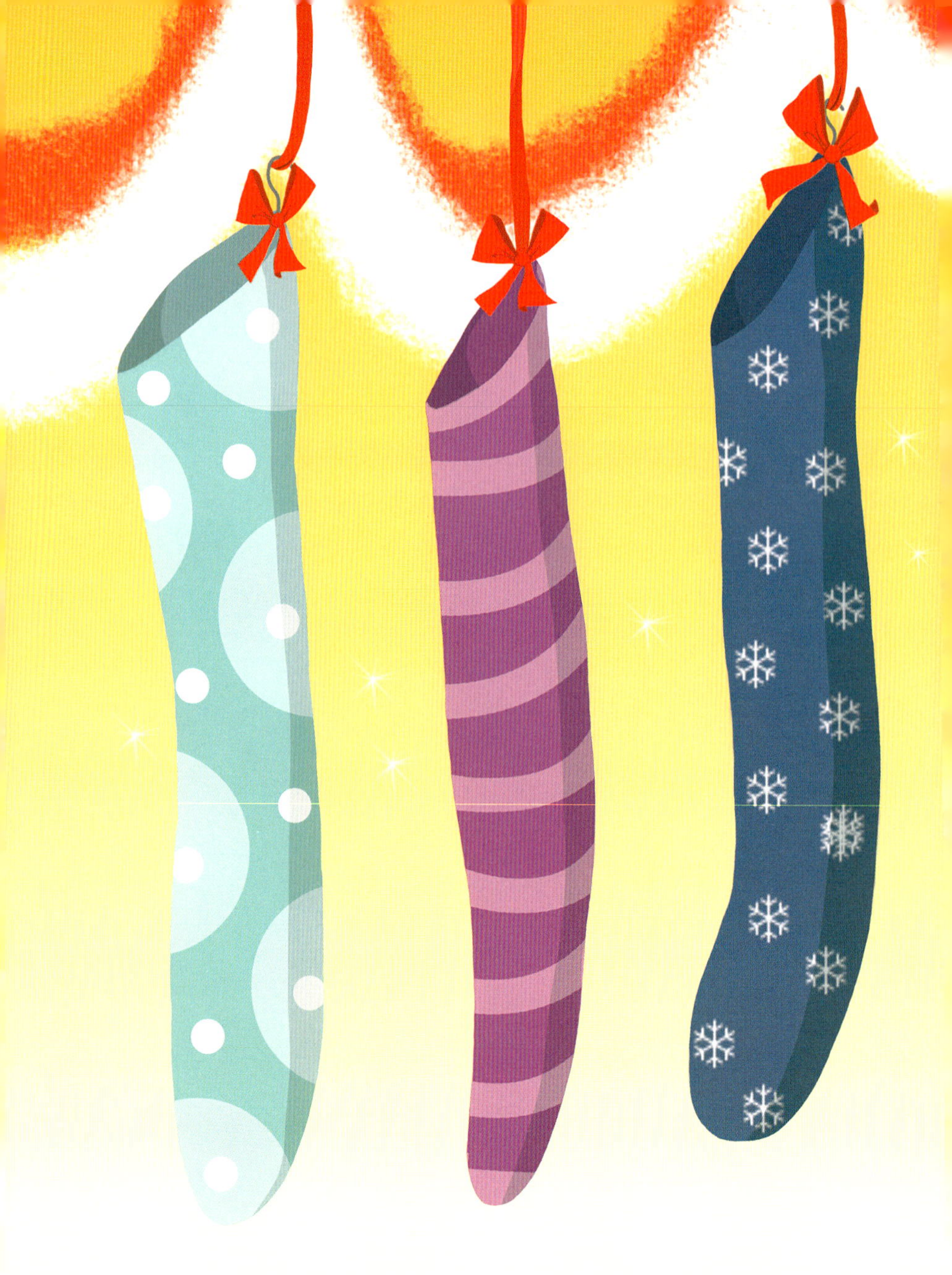

È arrivata la Befana

STORIE E LEGGENDE
DELLA TRADIZIONE

La Befana buona e la Befana cattiva

In certi Paesi, tanto tempo fa, si pensava che durante la notte dell'Epifania arrivassero due Befane.

Per la Befana buona i bambini, prima di andare
a dormire, preparavano un piatto di dolcetti
che mettevano sul tavolo della cucina.
La Befana buona arrivava, mangiava un dolcetto e,
per ringraziare i bambini, riempiva la loro calza
con giocattoli e tante cose buone.

L'altra Befana, invece, era cattiva e crudele: veniva chiamata Vecchia Befanì. Tutti ne avevano un gran terrore: si chiudevano in casa e sprangavano la porta pur di non incontrarla.

La Vecchia Befanì spaventava al solo vederla. Aveva un aspetto orribile: era avvolta in un mantello bianco, aveva una testa magra magra e tutta ossa, su cui portava un treppiedi rovesciato con una candela accesa su ogni gamba.

Arrivava nella notte scura, in volo, con una falce in una mano e nell'altra un pezzo di carbone, per segnare tutte le porte delle case dei poveretti che voleva punire.

La storia degli animali parlanti: la Vecchia Befani e il carrettiere

C'era una volta un carrettiere che trasportava le sue mercanzie da un paese all'altro sul suo carro trainato da un cavallo bianco e due neri. Una sera di gennaio stava tornando in città con un gran carico di legname. La notte era gelida e aveva preso a nevicare, e il carrettiere decise di sostare nel primo paese lungo la strada per far riposare i cavalli e mangiare qualcosa. Avrebbe ripreso il cammino il mattino seguente.

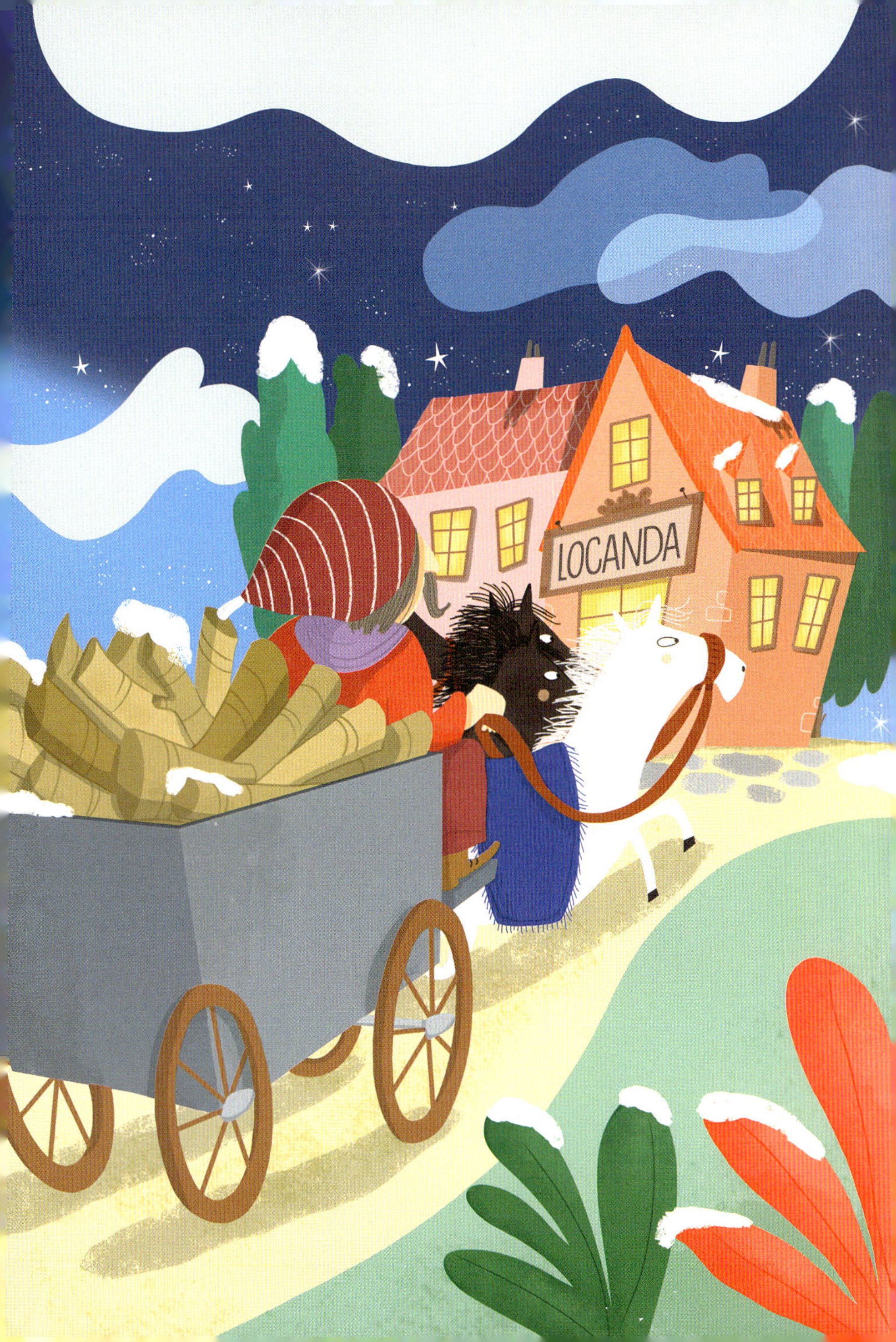
LOCANDA

Si fermò dunque in una locanda e portò il carro nella stalla, legò i cavalli alla mangiatoia e diede loro acqua e biada.
Poi si sedette poco distante. Tirò fuori dalla bisaccia un pezzo di formaggio e una pagnotta, e si mise a masticare lentamente.
Poi si distese e chiuse gli occhi.

Stava per appisolarsi, quando avvertì
un mormorio dietro di sé. Aprì gli occhi,
ma non si allarmò. Sapeva che i suoi cavalli
ogni tanto borbottavano.

In quel momento sentì battere dodici tocchi dall'orologio del campanile: era mezzanotte.
"È tardi" pensò. "Domattina mi aspetta un lungo viaggio, meglio dormire."
Stava per chiudere gli occhi quando il mormorio si fece più forte. Anzi, udì distintamente due voci. Il carrettiere si voltò e vide che il cavallo bianco stava parlando con qualcuno.

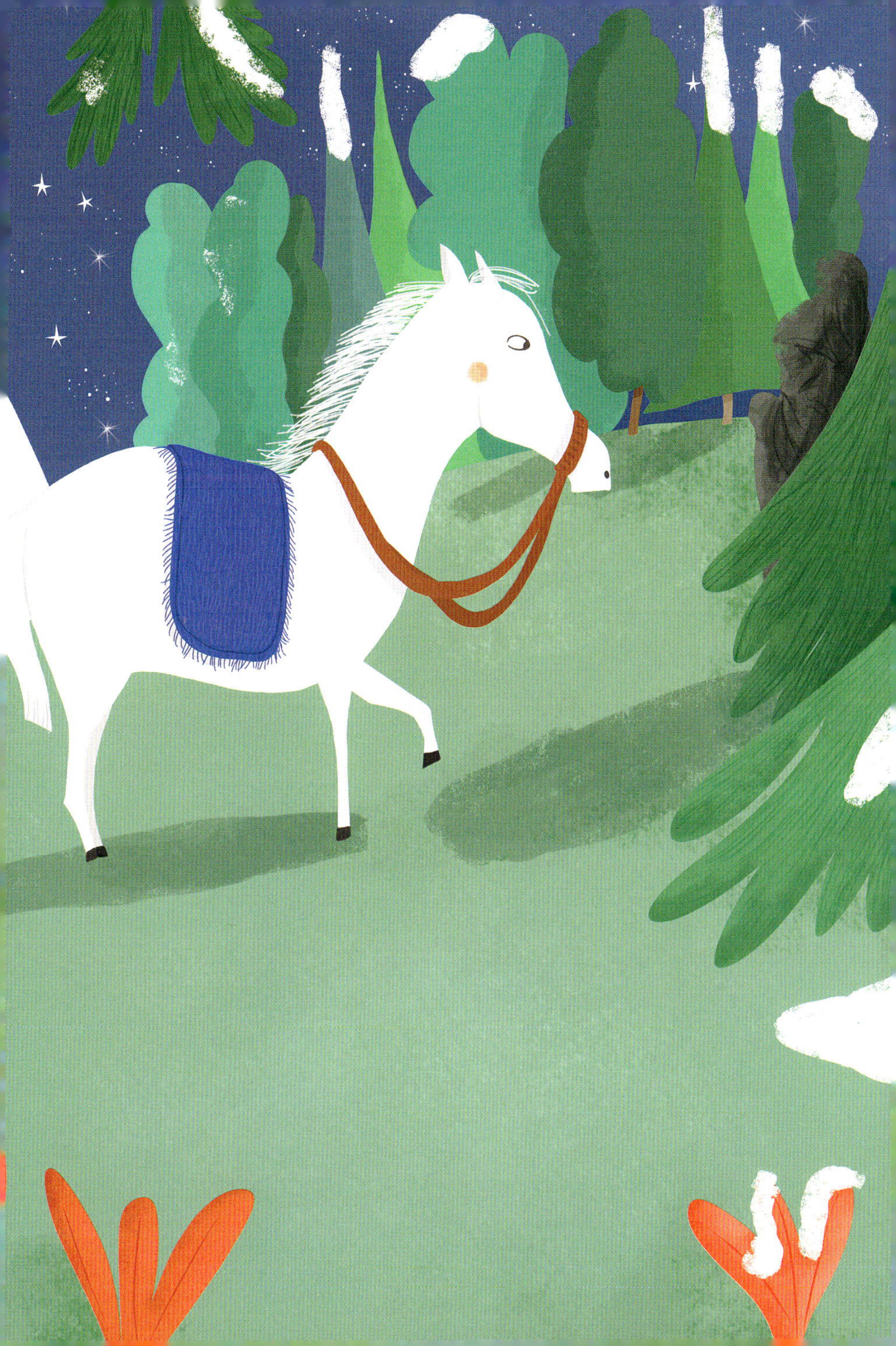

Gli sembrò che parlasse a una vecchia
dalla voce roca, ma non riuscì a scorgere la donna
perché se ne stava nascosta nell'ombra.
Il carrettiere era sbigottito: il suo cavallo parlava?
E con chi? Tese l'orecchio per ascoltare meglio.
«Dove state andando?» domandò la vecchia.
«A casa. Domattina torniamo a casa» rispose
il cavallo.

«A casa dove?» insistette la vecchia.
«In città, a casa del mio padrone» rispose paziente il cavallo.
«E che ci andate a fare?»
«Andiamo a portare un carico di assi di legno.»
«E lo sapete, vero, a che cosa servono le assi?» chiese la vecchia sogghignando.
«Sì, purtroppo. Serviranno per fare una cassa di legno e metterci dentro il nostro povero padrone...»

La vecchia sghignazzò, con un suono stridulo
da far accapponare la pelle. Nell'udire
quell'orribile discorso, il carrettiere svenne.

Si svegliò il mattino dopo, tremante e impaurito. "Devo aver fatto un brutto sogno" pensò stropicciandosi gli occhi. I suoi cavalli stavano mangiando quieti la loro biada, come al solito. Tutto sembrava tornato alla normalità. Ma una cosa lo colpì. Con la coda dell'occhio il carrettiere vide che a terra, sulla paglia, giaceva un enorme lenzuolo bianco. E accanto al lenzuolo c'erano una falce e tre candele spente.

L'uomo si sentì nuovamente mancare.
Ora aveva capito: il lenzuolo, le candele e la falce
appartenevano alla Vecchia Befanì, che era venuta
a prenderlo.
In un batter d'occhio il pover'uomo si alzò,
lasciò il carro con il suo carico di legna nella stalla,
prese i cavalli e fuggì lontano più veloce che poté.
E così si salvò.

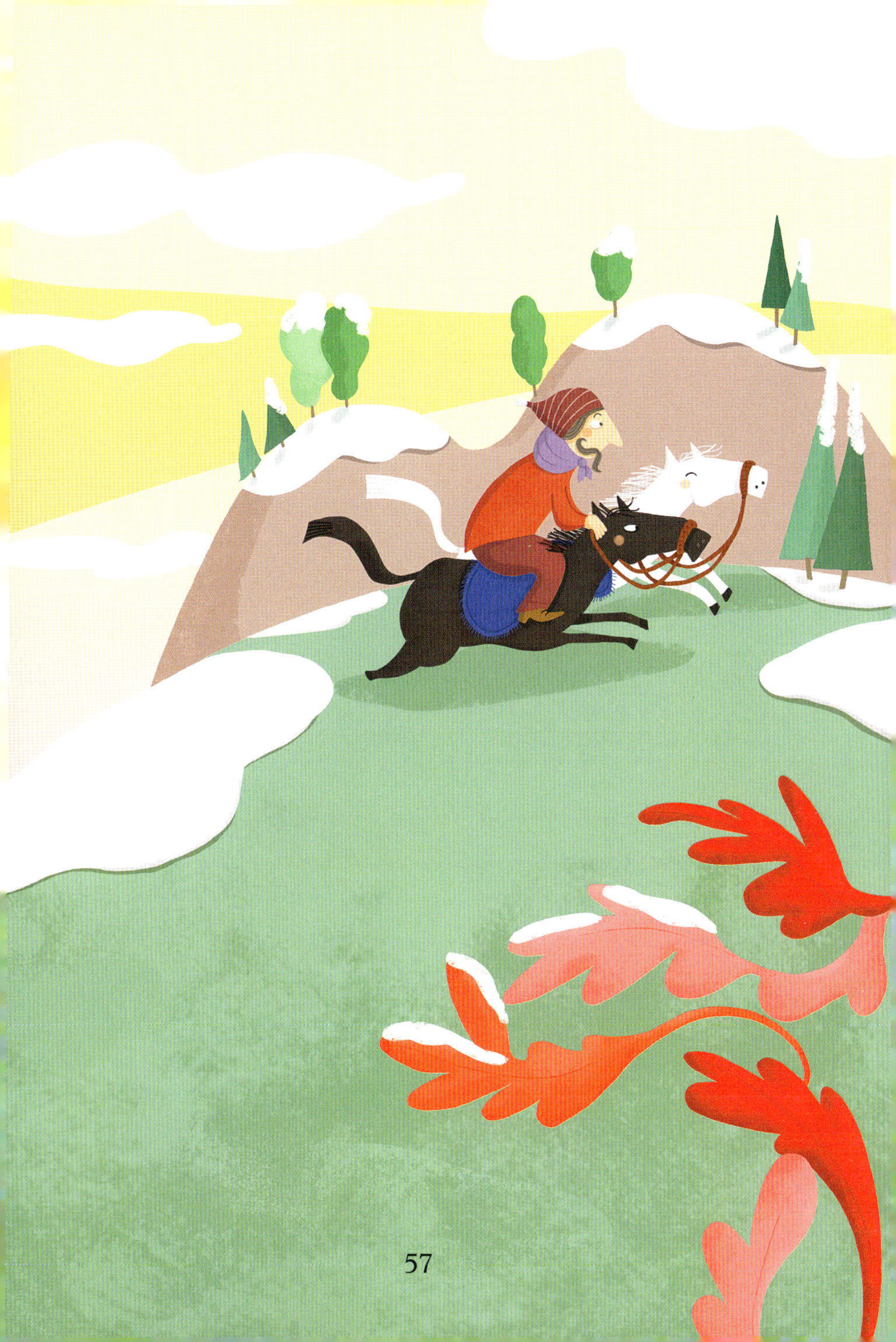

La storia della Vecchia Befanì e del turco

C'era una volta un turco che viveva a Bari e prendeva in giro gli abitanti della città perché credevano all'esistenza della Vecchia Befanì e ne avevano tutti una paura matta. Lui non solo non aveva paura, ma diceva: «Fifoni che non siete altro, vi farò vedere io come si fa! Quando giungerà la notte dell'Epifania, mentre voi vi rinchiuderete nelle vostre case e ve ne starete lì tremanti, io aspetterò quella brutta vecchia con la sciabola in mano. Vediamo un po' se esiste. E se esiste e avrà il coraggio di venire da me, le taglierò quella brutta testaccia che sembra un cavolfiore striminzito, e la mangerò in un boccone!».

Giunse la notte tanto attesa. Quella sera,
dalle prime ore del tramonto non si vedeva
anima viva. Non c'era nessuno per le strade,
tutti se ne stavano ben nascosti, con le porte
e le finestre sprangate.
Solo il turco era fuori. Camminava avanti
e indietro e gridava: «Vieni fuori, Vecchia Befanì.
Fatti vedere, se ne hai il coraggio!».

Passarono le ore, ma della vecchia
non c'era nemmeno l'ombra.
«Ecco, vedete, avevo ragione io. Non c'è da avere
alcun timore. Siete tutti dei conigli.»
Mentre pronunciava queste parole, all'improvviso
il cielo si fece più nero, le stelle si spensero
e si sentì un vento forte come un turbine.
Una corrente fredda si abbatté sulle vie
e sulle case. E da dietro una luna rossa come
il sangue comparve Befanì, con il treppiede
in testa e le candele accese, il mantello bianco
che faceva risaltare ancor di più il suo volto
di cera. E in mano teneva una grande falce.

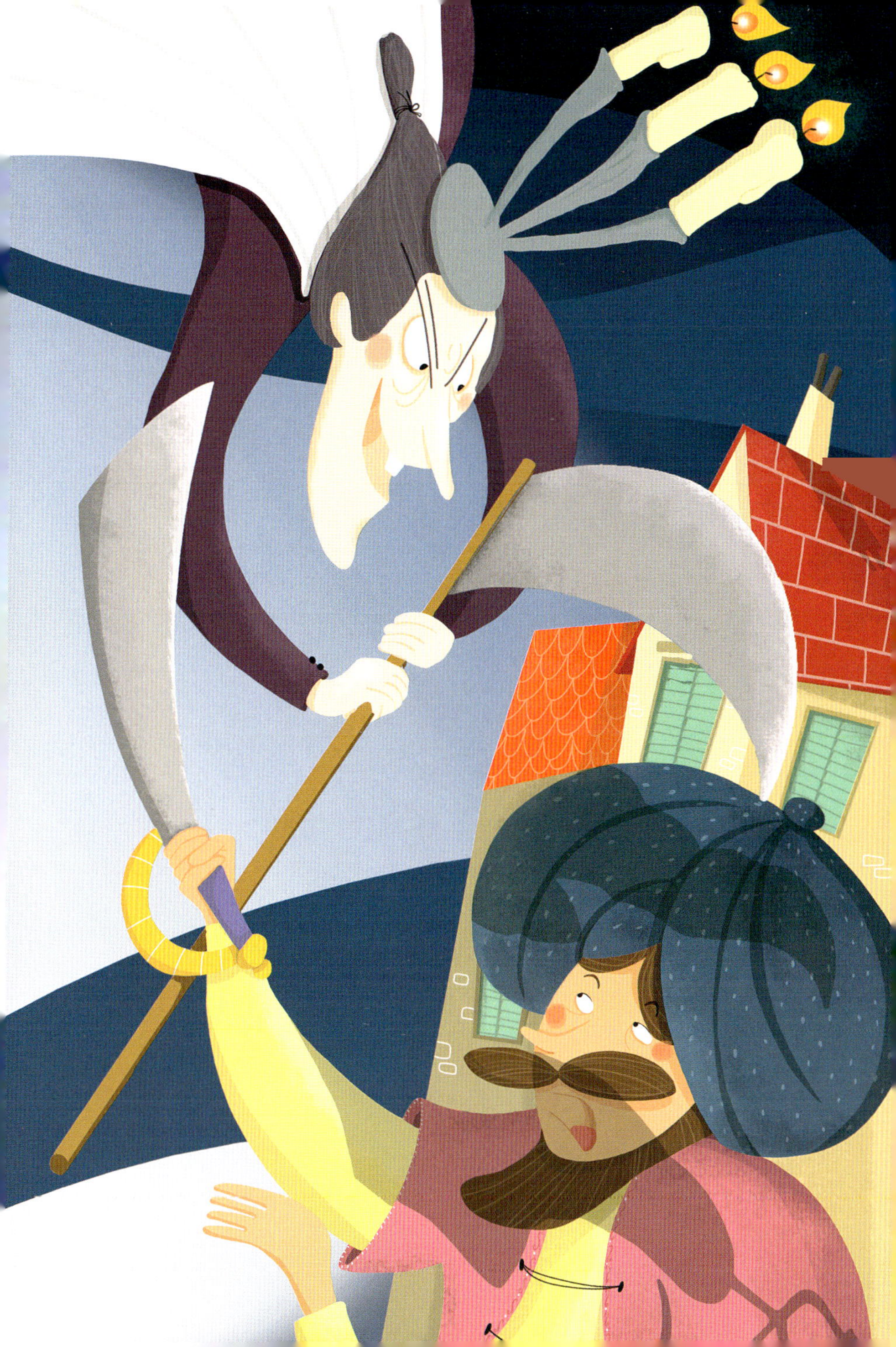

Rapida come un fulmine, sfrecciò verso il turco.
L'uomo, che fino a un minuto prima faceva
lo sbruffone, cominciò a tremare come una foglia
e a farsi piccolo piccolo.

Provò a scappare, ma non sapeva dove rifugiarsi.
Allora, con un impeto di audacia, sguainò
la sua sciabola e la puntò verso Befanì, gridando
e menando dei gran fendenti.
Ma la vecchia non gli diede tregua, si gettò
su di lui e con un colpo netto della sua grande
falce gli tagliò la testa.

La testa del turco schizzò verso l'alto, rotolò
nell'aria e si posò sull'architrave di una casa,
e lì rimase come una statua di pietra.
Così come era arrivata, la Vecchia Befanì
scomparve nel cielo, e non tornò mai più.
Subito dopo, gli abitanti della città uscirono
timidamente dalle loro case, facendosi coraggio
a vicenda. Tutti insieme esultarono
per la scomparsa della vecchia, ringraziando
il povero turco che si era sacrificato per loro.
E quella notte fecero una grande festa.

Ancora oggi, se girate per le strade di Bari
vecchia e chiedete dov'è la testa del turco,
gli abitanti vi indicheranno la casa dove potrete
vedere una testa di pietra, a ricordo di quella notte
magica e tremenda.

La vecchia Redodesa

Anche in alcuni paesi del Bellunese la Befana a volte non era la nonnina buona e generosa, ma diventava la terribile Redodesa, una vecchia brutta da far paura che, col suo arrivo, spaventava grandi e piccini.
Arrivava tutti gli anni nella notte del 5 gennaio volando sopra le campagne e i paesi, si infilava dentro i camini delle case e nelle stalle per gettare scompiglio.
Non era quasi mai sola, perché era seguita dai suoi dodici fedelissimi servitori, i *Redodesegot*, brutti, scalmanati e dispettosi quanto lei.
Tutti insieme tiravano le catene dei focolari, rovesciavano i paioli di polenta, rompevano i piatti e nascondevano gli attrezzi nelle stalle.

E, soprattutto, si divertivano a far paura.
Una volta la Redodesa apparve in una stalla
dove erano radunate alcune contadine e per poco
non le fece morire dal terrore trasformandosi
in una gallina gigantesca e battagliera circondata
da dodici servitori tramutati in grossi pulcini.
Meno male che tra le contadine ce n'era una
molto coraggiosa, che non si faceva impressionare
da niente e da nessuno, che cacciò col forcone
gallinaccia e pulcini.

Ma dopo anni e anni di malefatte, arrivò il tempo in cui la Redodesa si pentì di tutte le cattive azioni e dei guai combinati nella sua lunga vita.
Si sentiva tanto vecchia – si dice che avesse più di trecento anni – e sfinita, ed era stanca di mettere paura alla gente. Insomma, voleva cambiare.
E allora, alla mezzanotte di un 5 gennaio, la Redodesa si presentò sul sagrato della chiesa di San Giovanni di Pieve per chiedere perdono e supplicare di essere battezzata.
San Giovanni in persona, che l'aspettava davanti al portale, le andò incontro e le diede un secchio bucato per andare a prendere l'acqua per il battesimo.
«Redodesa, tieni questo secchio, vai alla fontana e riempilo. Poi torna, ché ti battezzo.»

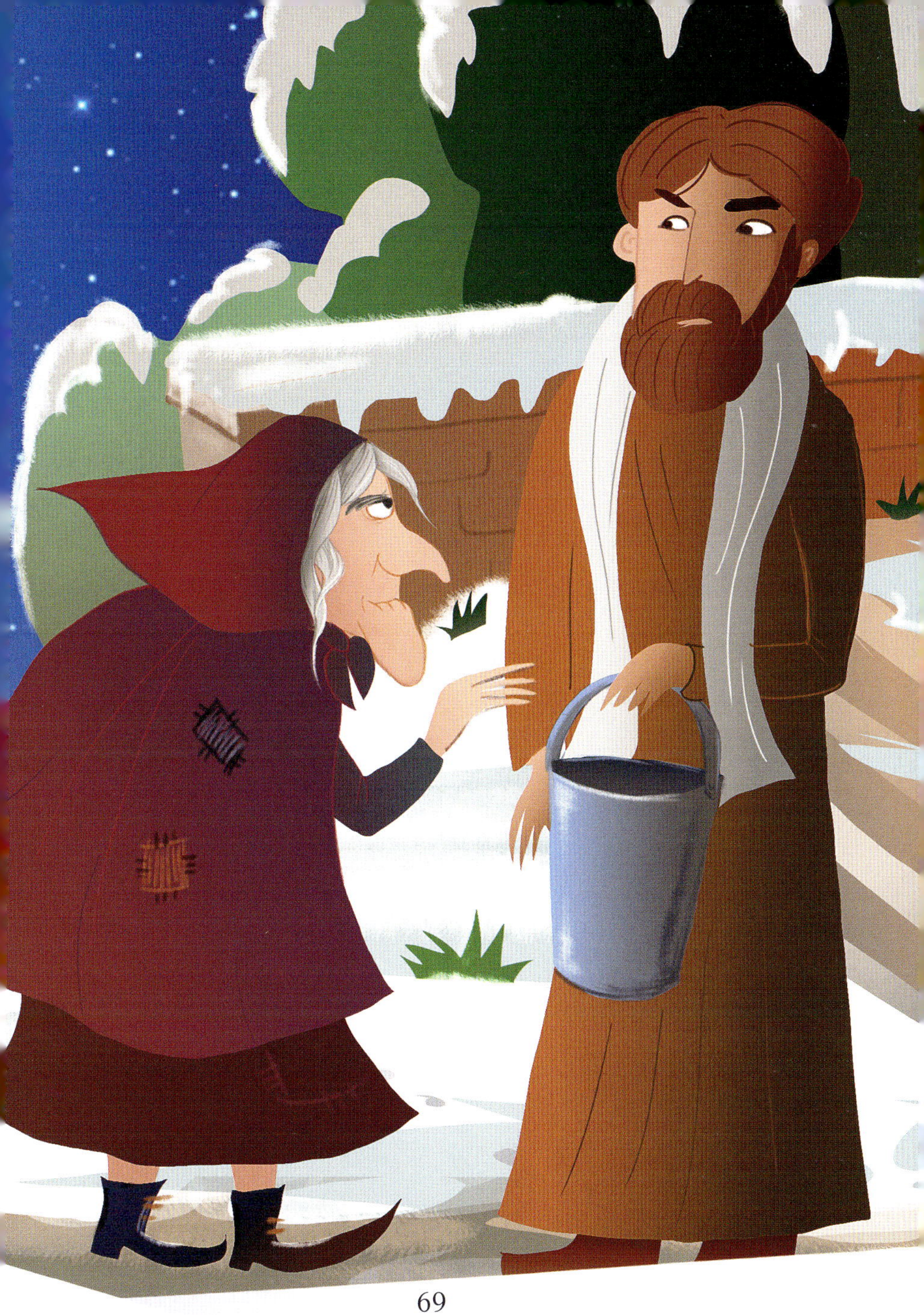

La Redodesa, ubbidiente, andò alla fonte, attinse
l'acqua e ritornò alla chiesa col secchio vuoto,
perché intanto l'acqua se l'era persa per strada.
Allora, con umiltà tornò alla fonte, attinse
di nuovo l'acqua e andò da san Giovanni, ma
anche questa volta arrivò con il secchio vuoto.
Per tutta la notte la Redodesa continuò ad andare
alla fontana e a tornare col secchio senza
una goccia d'acqua.

Arrivò l'alba, ed esausta la Redodesa implorò:
«Giovanni, ti prego, battezzami».
E san Giovanni: «È tardi, è arrivata l'alba e tu te
ne devi andare. E poi io tra poco devo dire messa.
Presentati l'anno prossimo, ché ti battezzerò».
E così, dice la leggenda, tutti gli anni, il 5
gennaio, a mezzanotte in punto, la povera
Redodesa si presenta sul sagrato della chiesa
e chiede di essere battezzata da san Giovanni,
ma ogni anno se ne va all'alba con la coda
tra le gambe. E così sarà fino alla fine dei tempi.

La Befana dei dentini

Nella città di Voghera, i bambini che si facevano togliere i denti traballanti senza piangere e senza fare troppe storie ricevevano una bella sorpresa dalla Befana.
Sentite che cosa accadde a Marco durante la magica notte tra il 5 e il 6 gennaio.

Marco era un bambino molto goloso: non sapeva resistere davanti a un sacchetto pieno di caramelle, non rinunciava mai a un panino con burro e marmellata né a una fetta di torta, e non vi dico che faceva se trovava un pezzo di torrone alle mandorle…

La mamma, per l'appunto, aveva nascosto
un torrone intero, avanzato dal giorno di Natale,
sul ripiano più alto della vetrinetta della cucina.
Marco aveva sorpreso la mamma mentre lo
riponeva e così aveva scoperto il nascondiglio.
Non gli restava che aspettare una buona
occasione per prenderlo.

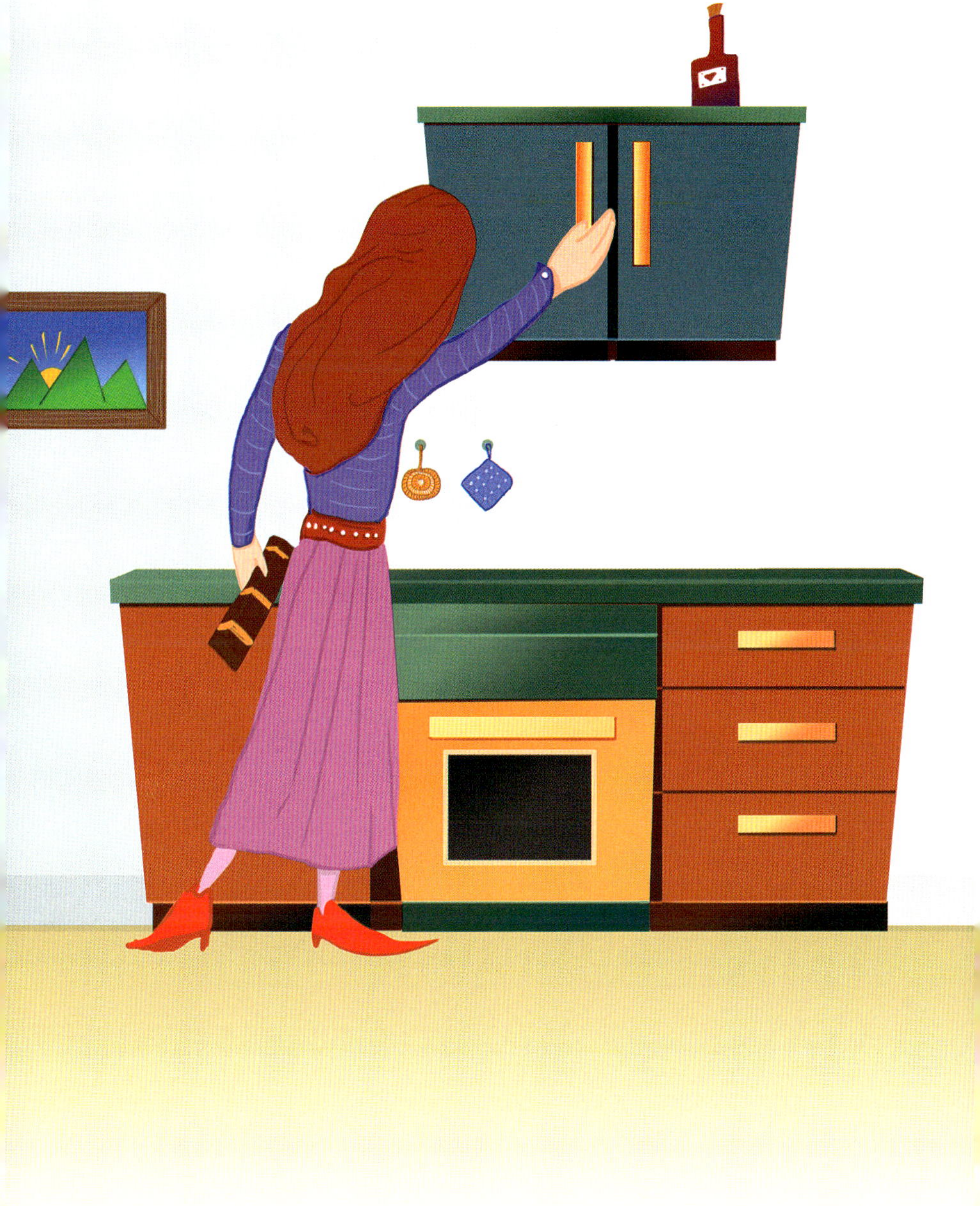

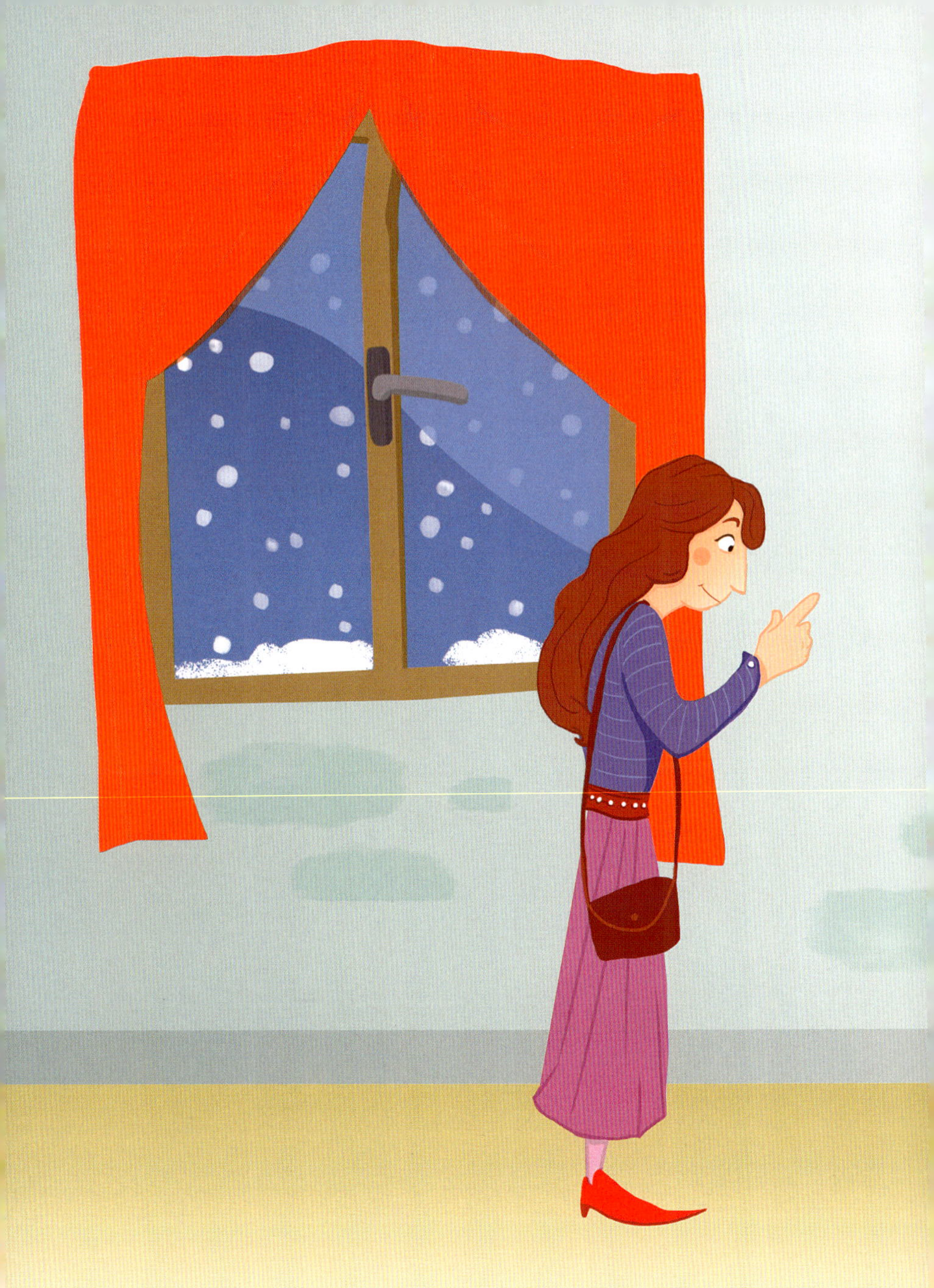

L'occasione capitò il pomeriggio della vigilia
dell'Epifania, perché la mamma era uscita di corsa
a prendere il burro e il latte che aveva dimenticato
quel mattino dal lattaio.
«Marco, fai il bravo e non combinare guai.
Torno tra un attimo» lo ammonì.

Al bambino non parve vero. Non appena la mamma chiuse la porta alle sue spalle, Marco corse a prendere una sedia, la trascinò davanti al mobile, si arrampicò, in punta di piedi aprì l'anta e prese il torrone. Era avvolto in una bellissima carta d'argento con le stelline blu.

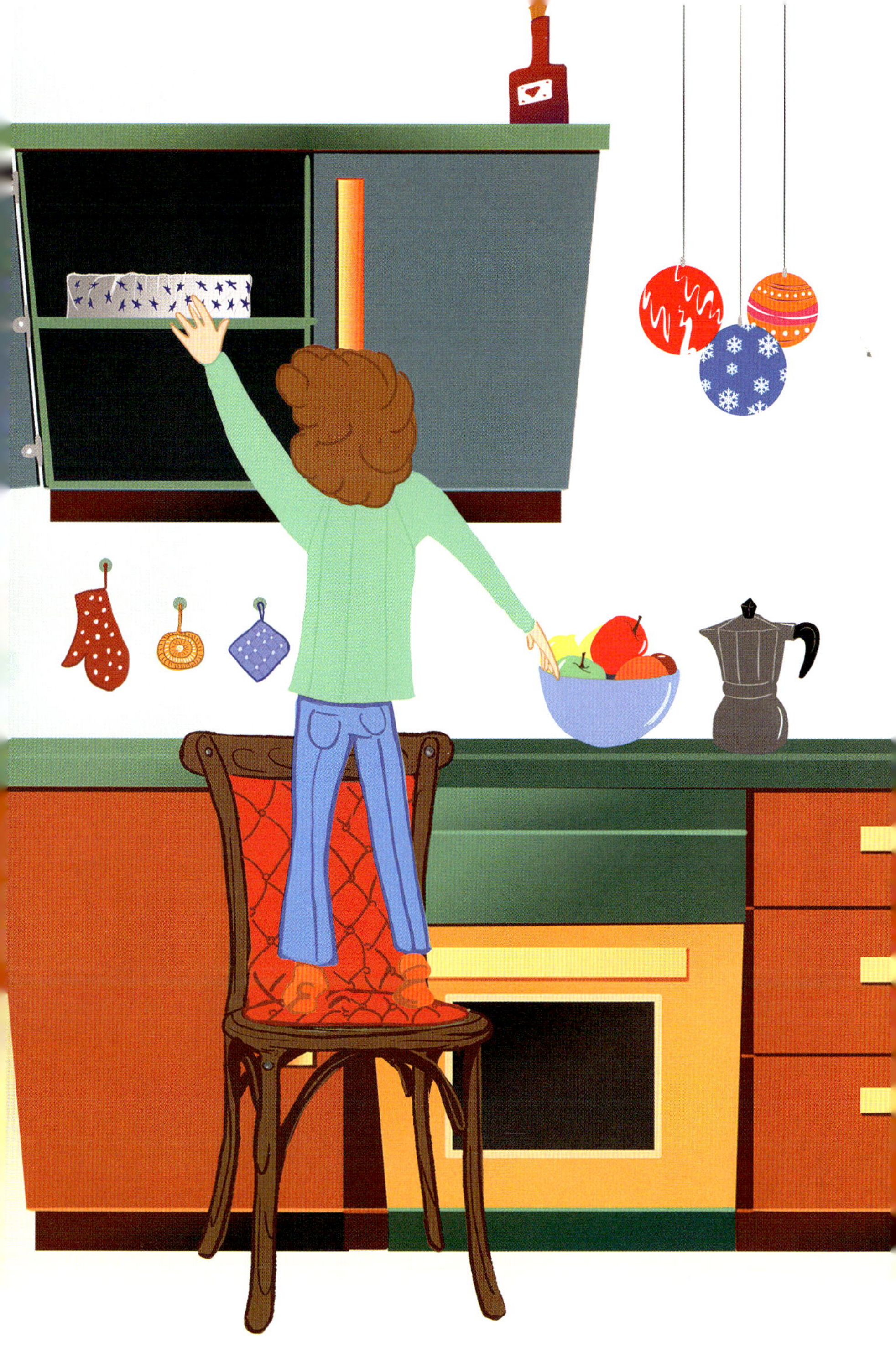

Senza nemmeno scendere dalla sedia, Marco
scartocciò in tutta fretta il torrone.
Senza pensarci un attimo di più, gli diede
un morso gigantesco e…

Ahi, aveva sentito un dolore fortissimo.
Lentamente il bambino si tolse il torrone di bocca
e si toccò i denti.

Ben due denti, quelli davanti, proprio quelli che servivano a mordere, adesso gli facevano un male terribile e dondolavano.
Il bambino scoppiò in un pianto dirotto.

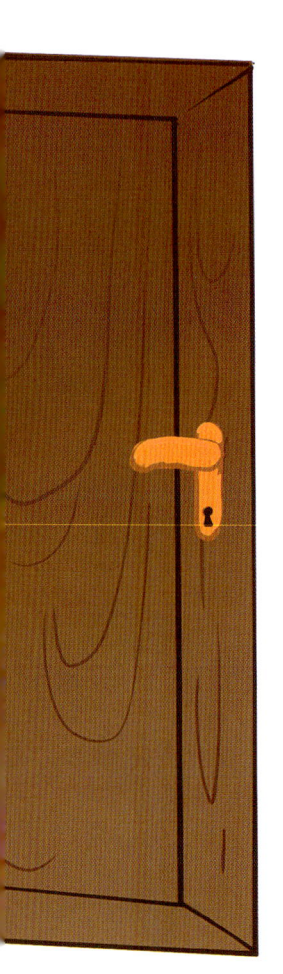

Così lo trovò la mamma, in piedi sulla sedia, col torrone appena morsicato ancora stretto in mano e le lacrime che gli scendevano copiose sul viso e cadevano per terra.

La mamma capì al volo quel che era successo
e le venne da ridere, ma fece la faccia seria.
«Che cosa hai combinato questa volta?
Cosa ci fai con quel torrone, e perché piangi?»

Marco scese titubante dalla sedia e,
tra un singhiozzo e l'altro, raccontò
alla mamma cos'era successo.
«Vedi che cosa capita a essere troppo golosi?
Dai, vieni qua, apri la bocca e fammi controllare.»

Asciugandosi le lacrime con una mano,
Marco aprì la bocca.
«Eh sì, i tuoi denti traballano molto,
e non possiamo lasciarli così. Se ti fidi di me,
con l'aiuto di un filo e un piccolissimo strappo,
togliamo i due dentini e non ci pensi più.
Va bene?»

Marco era un bambino monello e goloso, ma si fidava ciecamente della sua mamma. Lasciò che la mamma gli legasse un filo intorno ai due denti, chiuse gli occhi e... zac, in un secondo i dentini vennero strappati, senza neanche troppo dolore.

«Bravo, Marchino mio. Sei una piccola peste, ma anche un bambino coraggioso. Vedrai che la Befana questa notte ti farà una sorpresa.»

La sera, prima di andare a dormire, la mamma
infilò i dentini di Marco in una calza, che appese
alla cappa del camino.
«E adesso a nanna, se no la Befana non arriva.»

Il mattino dopo, Marco si svegliò
e corse subito al camino
per staccare la calza. Era piena!
La mamma aveva ragione!

Nella calza c'erano delle bellissime monete d'oro, grandi come i dobloni dei pirati. Marco le guardò stupito, poi si accorse che non erano vere monete, ma grosse e golose cialde di cioccolato ricoperte di stagnola dorata.
Il suo coraggio era stato premiato dalla buona Befana.

La calja rossa

*Liberamente ispirato a una fiaba
di Emma Perodi*

Tanti e tanti anni fa, sopra una vetta chiamata Monte Fattucchio, abitava una vecchia alta e secca, con braccia lunghissime e una criniera di capelli bianchi e arruffati. Nessuno l'aveva mai conosciuta giovane, tutti l'avevano sempre vista vecchia, sempre vestita allo stesso modo, sempre a lavorare una calza rossa che portava con sé.
La chiamavano tutti "Befana".

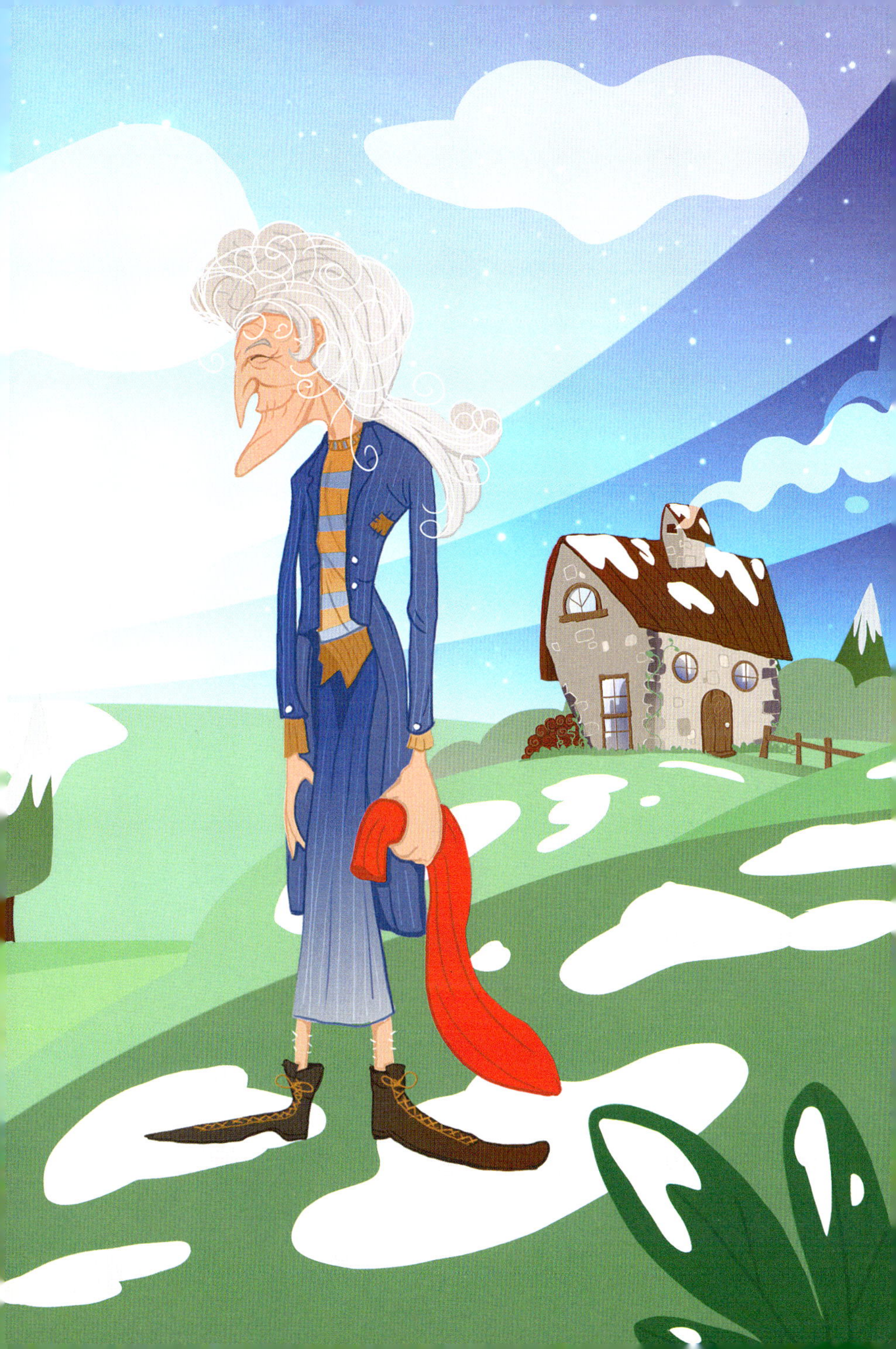

Nessuno sapeva chi fosse veramente e come facesse a campare. Viveva in una casupola solitaria con un gatto e una gallina. Tutti i giorni dell'anno, col sole o con la neve, partiva di casa all'alba e andava nel bosco a far legna; la sera tornava con una fascina sulle spalle e con la calza in mano.

Quando le donne di Monte Fattucchio
le domandavano: «Di' un po', Befana, che te ne
fai di tutta la legna che ti carichi sulle spalle?»,
lei rispondeva: «Ne faccio carbone e cenere».
Nessuno riusciva a comprendere quella
stravagante risposta, e la vecchia continuava
a raccattar legna.

Il bello è che, se avesse conservato tutte le fascine che prendeva, la legna sarebbe dovuta uscire dal tetto della casa, ma i curiosi che, passando di là durante il giorno, avevano spiato dalla finestra giuravano d'aver visto la stanza vuota e il fuoco spento.

La sera, invece, dalla finestra usciva
un gran chiarore, e il comignolo fumava
come un forno; ma nessuno ci faceva caso,
pensavano che la Befana si volesse scaldare
o si stesse preparando qualcosa da mangiare.
Ogni anno la Befana spariva verso Natale
e ricompariva dopo la festa dell'Epifania.
Se qualcuno le domandava dov'era stata,
rispondeva: «Sono andata a far le feste con mia
sorella». Ma chi fosse la sorella e dove abitasse,
non l'aveva mai detto a nessuno.

Un anno capitò a Monte Fattucchio una donna
che mancava da lì da molto tempo. Era andata
a lavorare in città e, poiché era brava e abile
al telaio, aveva accumulato un bel gruzzolo
vendendo tele e tappeti ai ricchi cittadini,
ed era tornata al paese benestante.

Si chiamava Berta, era di mezza età, con
un aspetto buffo, il viso tondo come una mela
e un nasetto a patata su cui poggiavano degli
occhialetti spessi da miope. In paese l'avevano
presa a benvolere perché era una donna
di buon cuore, che aiutava i più poveri.

Un pomeriggio, mentre era in visita dalla sua amica Lena, questa le disse: «Berta, hai saputo? La Befana parte. Oggi l'ho incontrata con la solita calza rossa in mano e la legna in spalla, e le ho chiesto se quest'anno passa le feste a Monte Fattucchio. Mi ha risposto che va dalla sorella».

«Sai, Lena,» disse Berta, «prima che parta vorrei incontrarla, e darle una mano se ha bisogno di qualcosa. Le farò visita.» Le due amiche continuarono così a parlare del più e del meno e, prima di cena, Berta si congedò. Ma non tornò subito a casa, un pensiero le ronzava in testa: "Non è tardi, quasi quasi vado subito a trovare la vecchia Befana".

Quando arrivò nei pressi della casupola, fu attratta dal gran chiarore che usciva dalla finestra.
Si avvicinò e sbirciò all'interno: nel focolare bruciavano decine di fascine.
La Befana, intanto, spargeva manciate di becchime sul pavimento, dicendo ad alta voce: «Gallina mia, ti preparo il mangiare per otto giorni. Al mio ritorno fammi trovare tante belle uova».

Finito quel lavoro, si mise a rimestare
in un gran paiolo e, rivolgendosi al gatto, disse:
«Neppure tu patirai la fame, hai qui da mangiare
per un mese. Al mio ritorno, fammi trovare
un bel po' di polli dei vicini. Rubane più che puoi».
Sbigottita dalle parole della vecchia, Berta
esitava a bussare, perché voleva vedere che cosa
sarebbe successo.

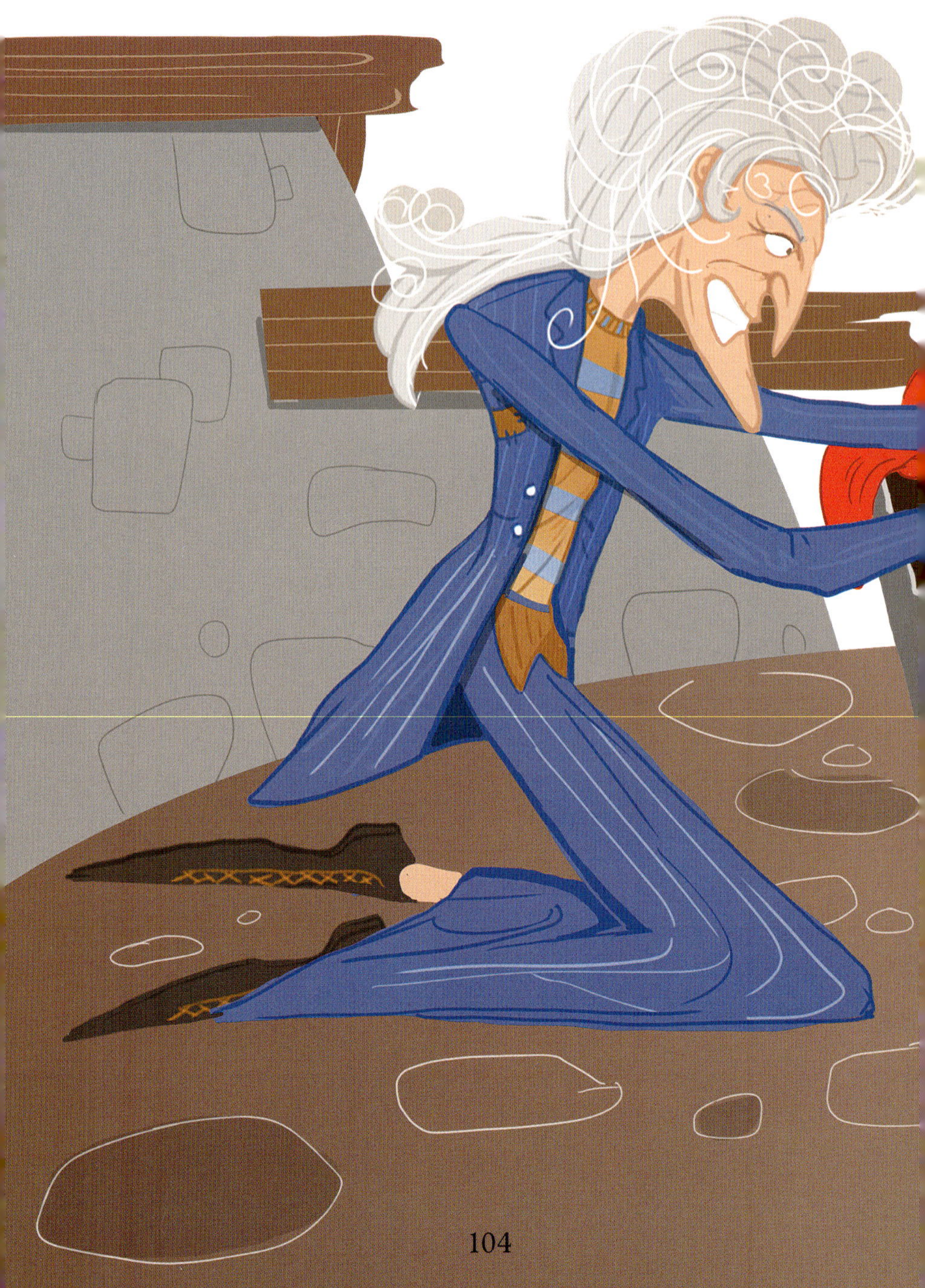

Dopo aver dato la zuppa al gatto, la Befana
aprì un baule enorme colmo di calze rosse;
poi scese in cantina e tornò con una tinozza
piena di cenere e carbone, con cui riempì le calze.
Quando ebbe terminato di andare a prendere
cenere e di riempire le calze, si avvolse
in uno scialle.

Di lì a poco si udì il rumore di un carro,
e Berta fece appena in tempo a nascondersi.
Il carro, tirato da una mula zoppa, si fermò
davanti all'uscio. La donna che lo guidava
era ancora più vecchia della Befana.
La nuova arrivata aprì la porta e, scambiate
poche parole con l'altra, incominciò a caricare
le calze sul carro.

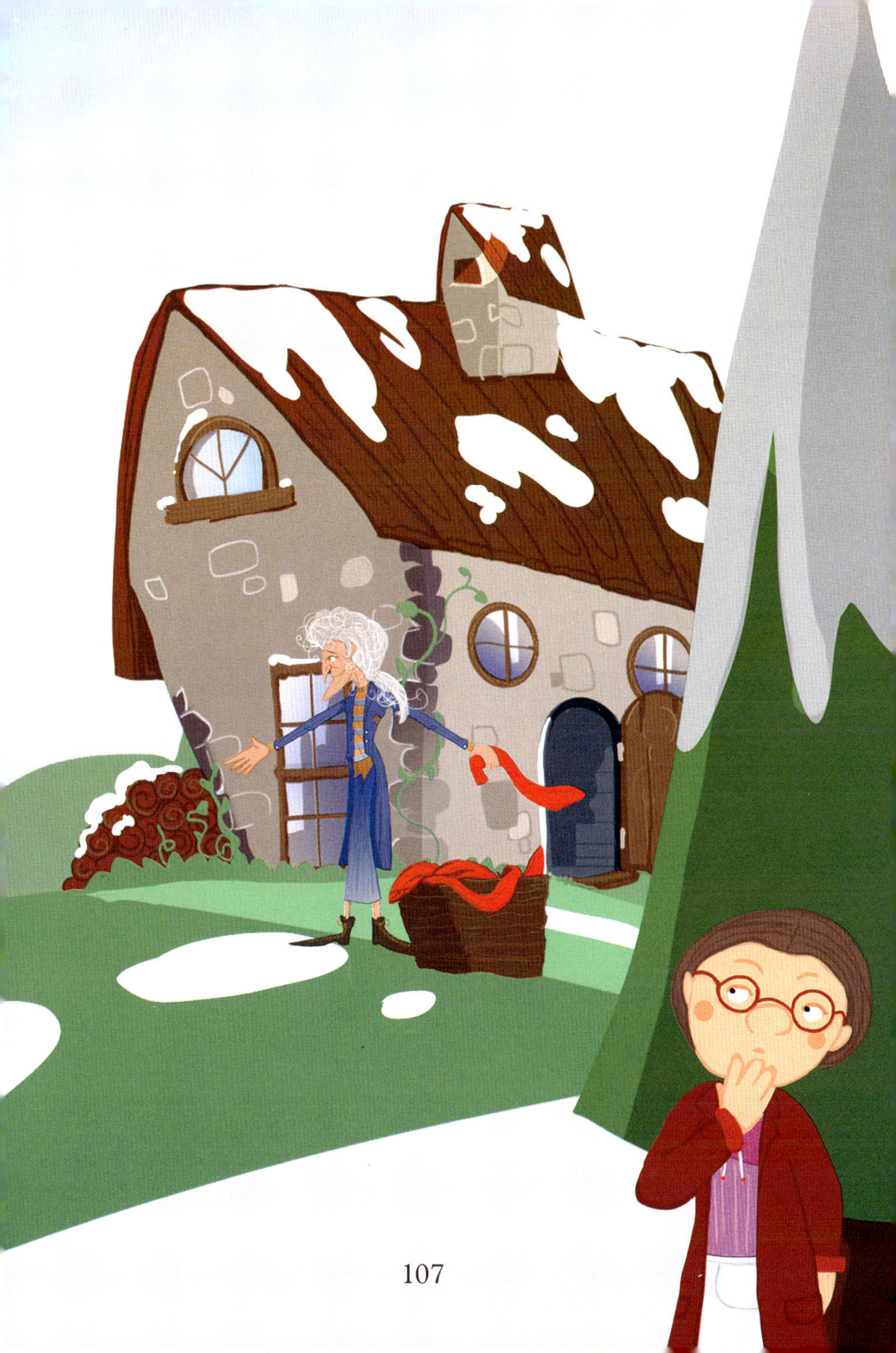

"Adesso ho capito che fine fa tutta la legna che raccoglie!" disse Berta tra sé.
"Ma che cosa se ne faccia e dove porti tutte quelle calze è un mistero!" Colma di curiosità, Berta decise di spiare le due vecchie per vedere dove andavano. Col carro carico, la mula zoppa non sarebbe certo andata veloce. Poteva starle dietro. Così, quando il carro si allontanò arrancando sulla strada buia, Berta lo seguì.

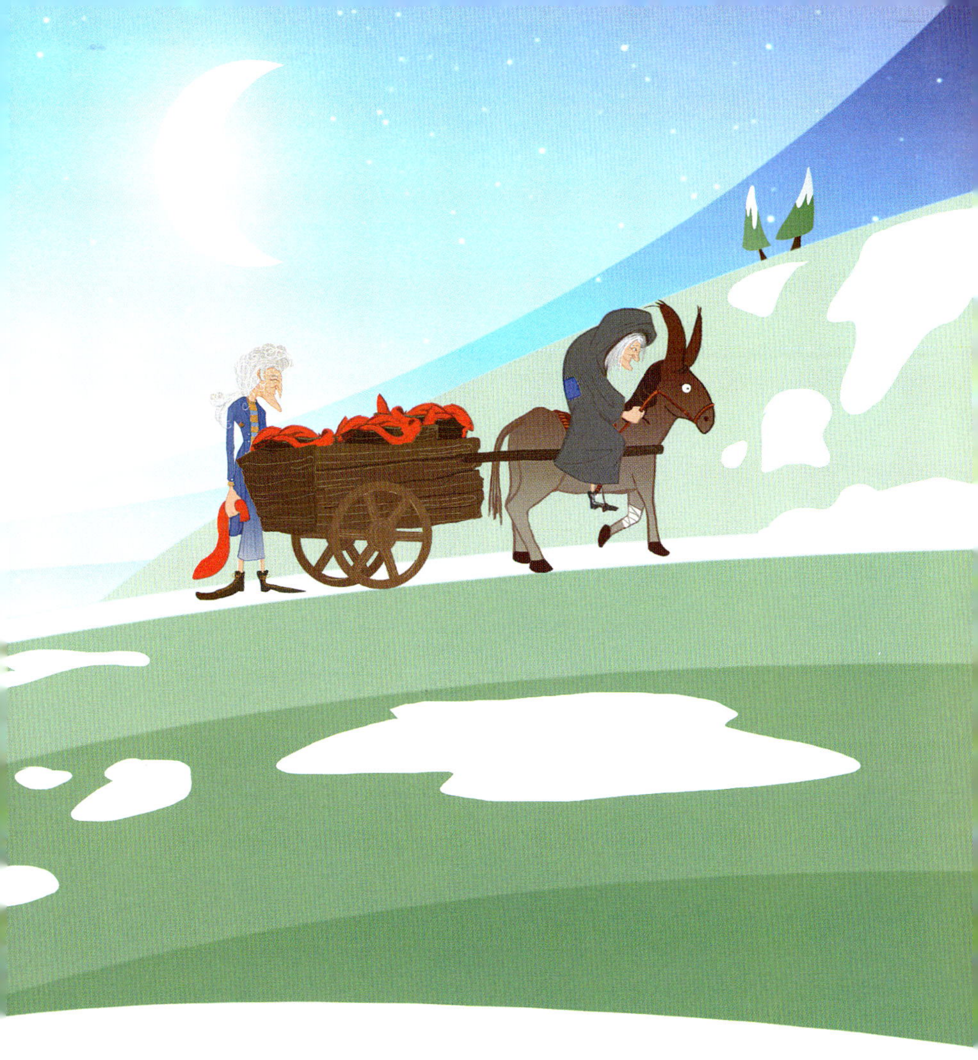

Avanzarono lentamente lungo la mulattiera,
mentre soffiava un vento freddo e la neve fioccava.
Finalmente, dopo più di un'ora, il carro
arrivò al limitare di un bosco.

«Chissà dove vanno, adesso!» mormorò Berta;
decise di seguirle ancora perché
la sua curiosità era più forte del freddo
e della stanchezza.

La mula si inerpicò per un sentiero, si fermò accanto a un grandissimo abete e batté per tre volte il terreno con lo zoccolo sinistro. «Arrivo!» disse una voce che sembrava venire da sottoterra.

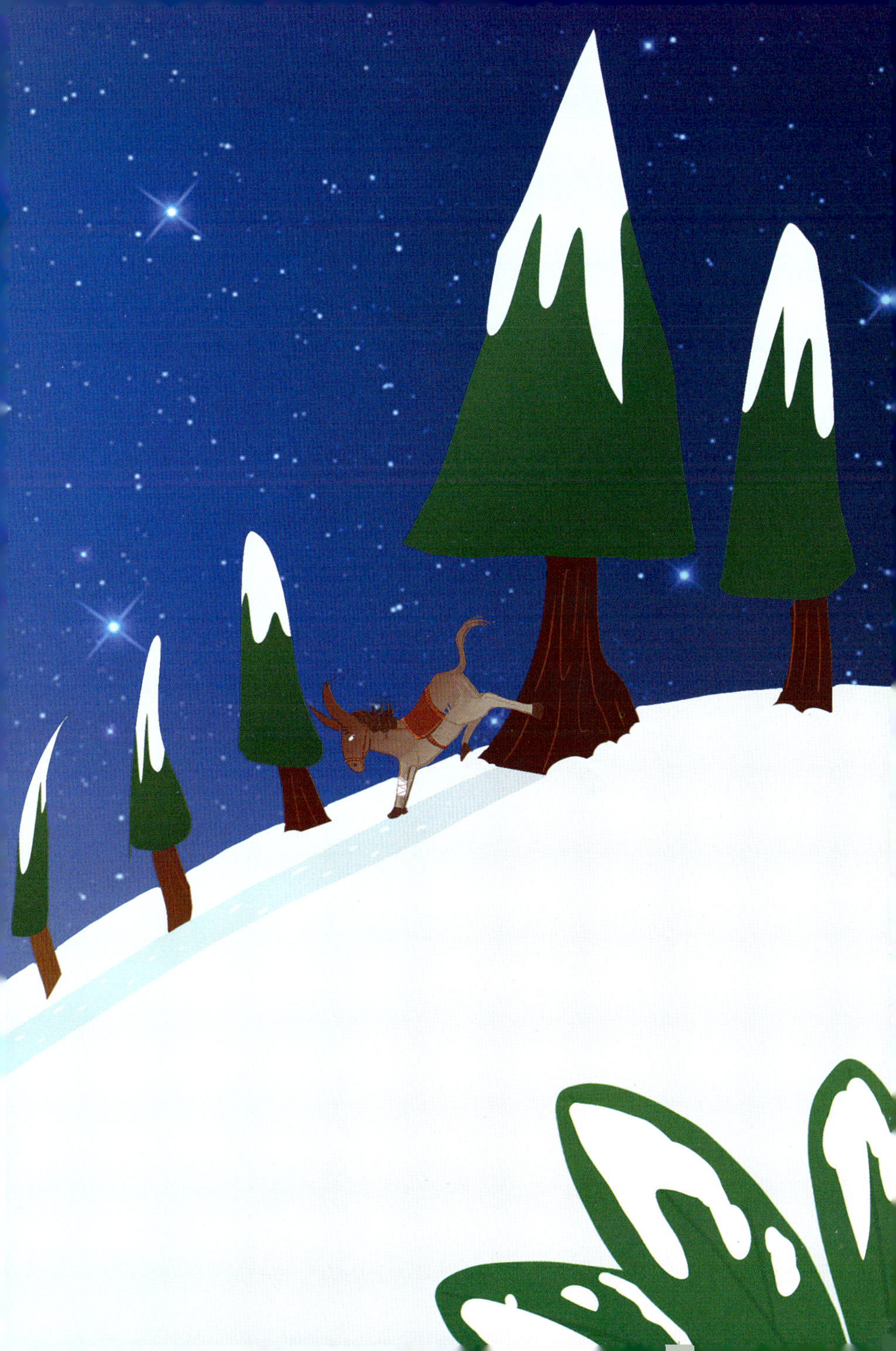

Passati pochi minuti, una parte del tronco
dell'abete girò su se stessa e si aprì,
ed ecco comparire un'orribile vecchia
con una lanterna in mano.
Non appena la megera vide le visitatrici,
gridò: «Eccovi, sorelle, vi aspettavo.
Entrate, su, vi ho preparato un bel fuoco
e la cena per ristorarvi».

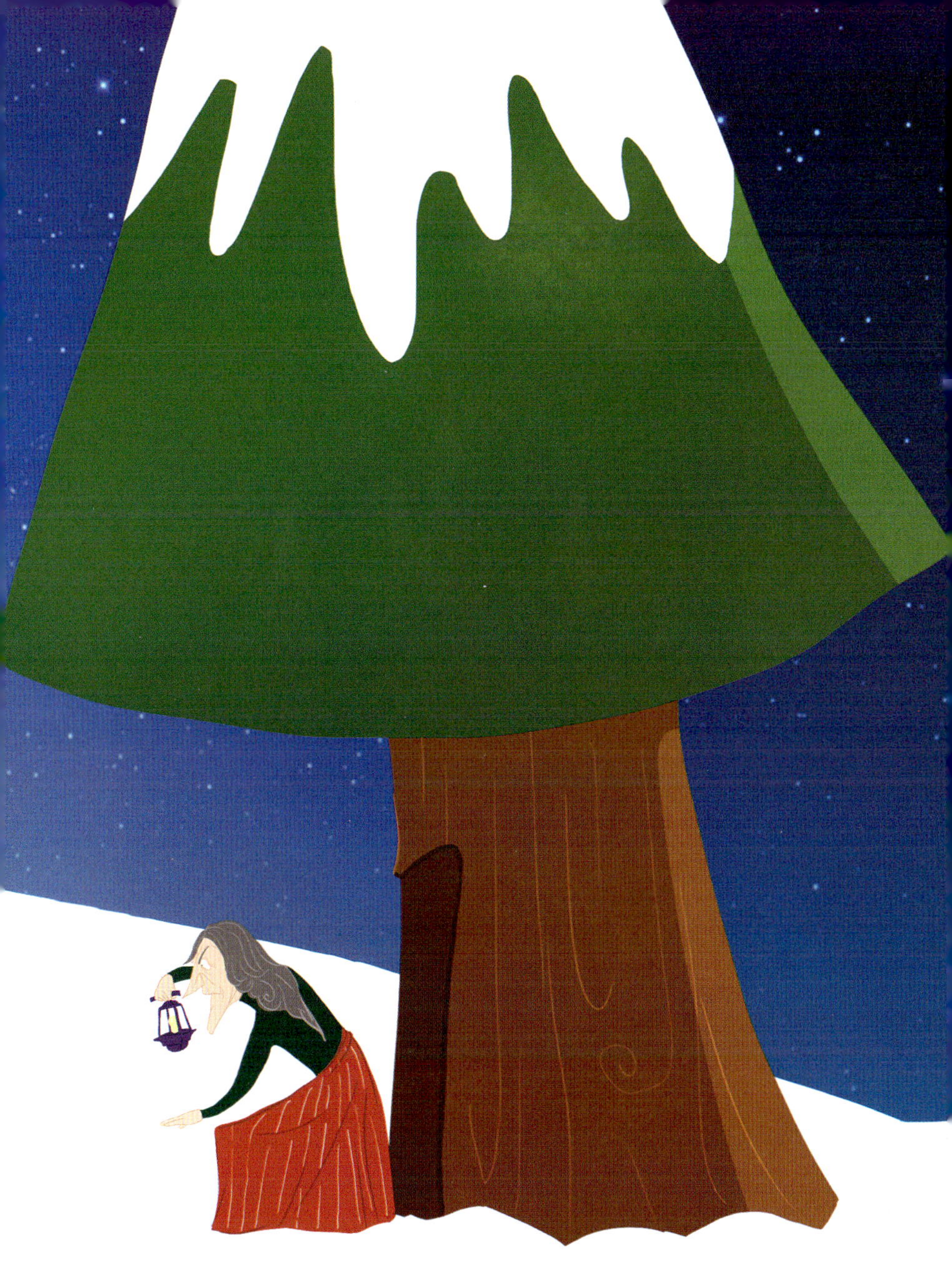

Berta, intanto, non sapeva più cosa fare:
era lì nel gelo della notte, da sola, perché le tre
vecchie, dopo aver messo al riparo carro e mula,
erano scomparse dentro l'abete, che si era
richiuso come per incanto.

"Se rimango un'altra ora al freddo, domani mi troveranno congelata. Quasi quasi busso anch'io. Mi daranno pure un riparo e qualcosa da mangiare…" pensò Berta. E, senza rifletterci troppo, bussò tre volte col piede, così come aveva visto fare alla mula.

«Arrivo!» disse una voce; poco dopo una parte del tronco girò sui cardini, e si affacciò la vecchia di prima. «Chi sei e perché hai bussato?» chiese, alzando la lanterna.
«Sono in viaggio e mi sono persa» rispose Berta. «E, sentendomi congelare, ho battuto i piedi per scaldarmi. Poiché ti vedo, però, ti chiedo il favore di ospitarmi.»

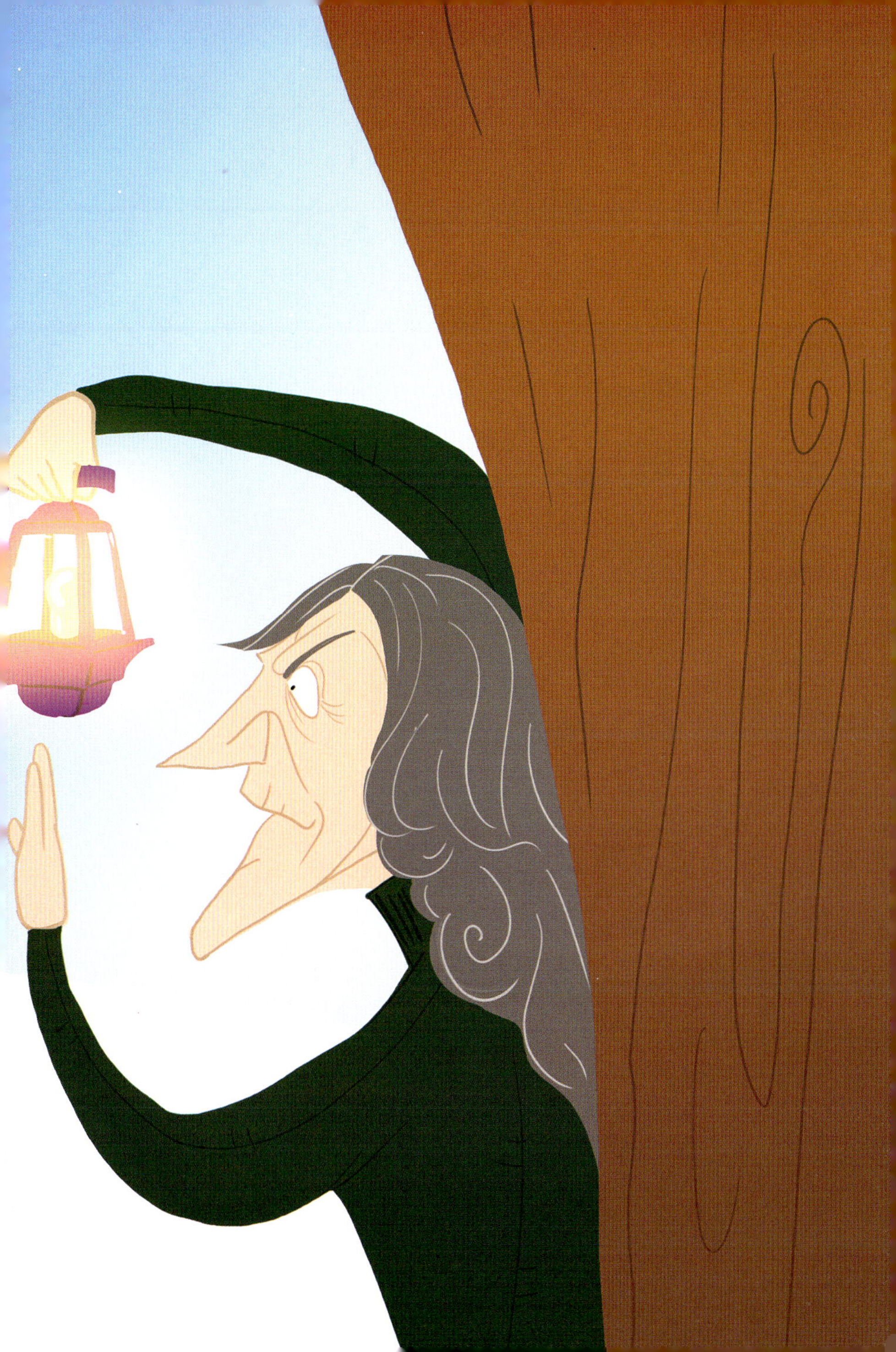

La vecchia disse: «Ti concederò ospitalità, ma prima facciamo un patto. Entrerai in casa mia se mi prometti d'infilarti la calza rossa di mia sorella».
«Se si tratta di una calza, mi pare che non ci sia nulla di male» rispose Berta.

«Allora vieni» disse la vecchia.
E la condusse giù per una scala a chiocciola.
Le pareti della scala erano tutte tappezzate
di pipistrelli.

Dopo la scala veniva un corridoio con le pareti
tappezzate di corvi neri come la pece. La vecchia
condusse Berta in una stanza dove erano radunate
una ventina di vecchie sedute davanti al fuoco.
In mezzo c'era la Befana che lavorava ai ferri
una calza rossa.

«Ecco una viandante che ha bisogno di scaldarsi» disse la padrona di casa. «Le ho fatto promettere di mettersi la calza rossa della Befana!»

«Benvenuta» gridarono le vecchie ridendo.
E tutte fecero a gara a servirla. Intanto la Befana aveva finito la calza. Berta, appena si fu riscaldata, andò a sedersi a tavola, e le vecchie si affrettarono a portarle una scodella di minestra.

«Buona, questa minestra!» disse Berta.
«È fatta con brodo di rospi e serpenti» rispose
la padrona di casa. Berta rabbrividì
per il disgusto e smise di mangiare.

La vecchia allora le portò un piatto di coscette fritte.
Berta le addentò e disse: «Squisito, questo pollo».
«Macché pollo,» rise la padrona di casa
«sono cosce di corvo!»

A questo punto Berta capì che era meglio darsela a gambe. Si alzò e, ringraziando, disse che si era fatto tardi e doveva riprendere il cammino.

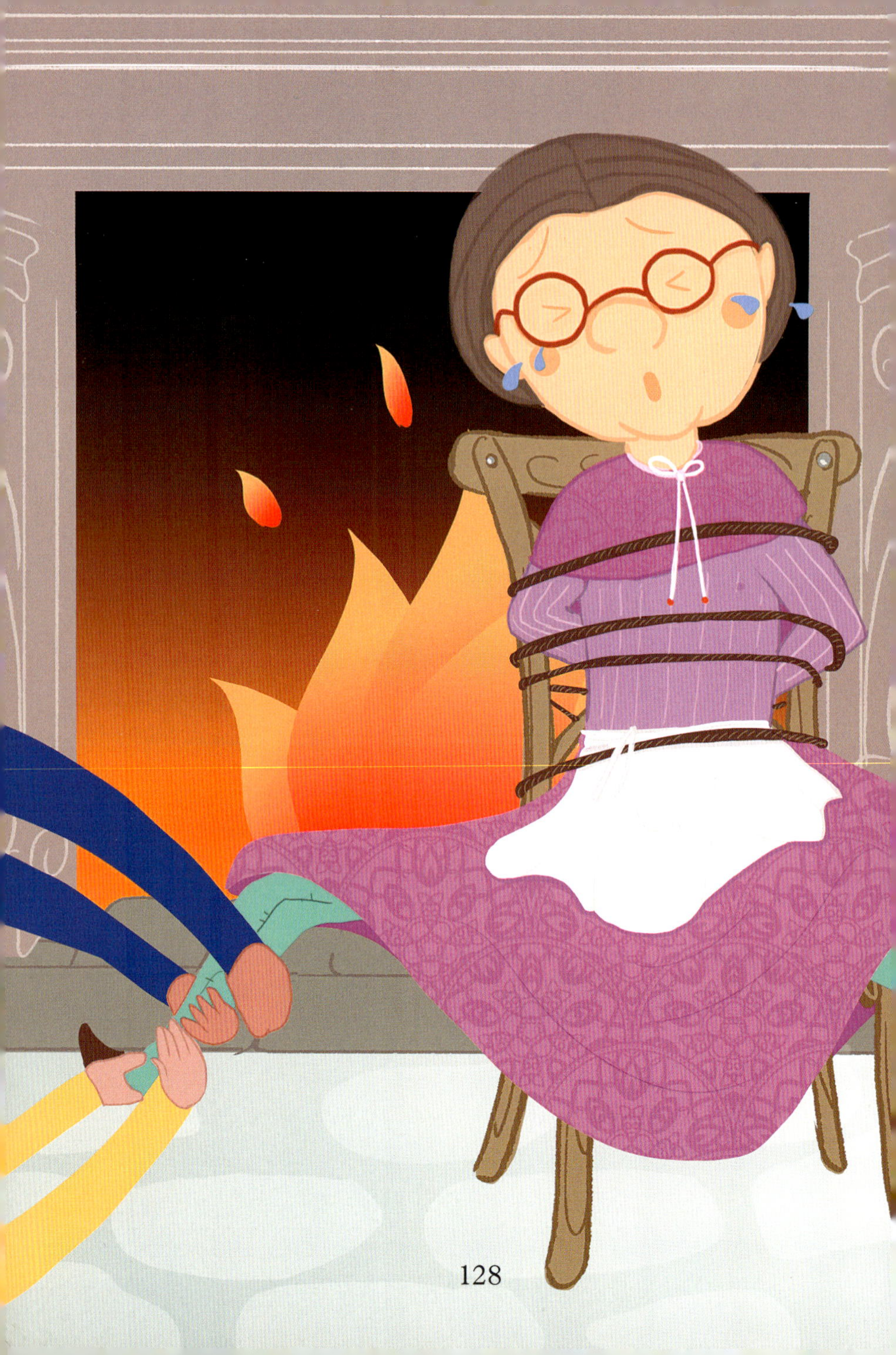

Aveva già imboccato la scala, quando le vecchie le furono addosso. La più accanita era la Befana. «Ora che ti sei scaldata e hai mangiato, non vuoi mantenere la promessa; ma da qui non fuggirai.» E si avventò sulla povera Berta, che non riuscì più a scappare. Poi, mentre due vecchie la legavano alla seggiola con una fune, altre due la presero per la gamba destra e la Befana le infilò nella sinistra la calza rossa, biascicando delle parole misteriose.

Poi tutte si misero a ballare intorno a Berta, cantando e ridendo. Alla fine la Befana tagliò la corda che legava Berta alla sedia e le disse: «E ora prova a fuggire, se riesci!».
Le altre scoppiarono a ridere, e Berta non si mosse: capì che quelle vecchie dovevano averle fatto qualche incantesimo perché, pur con tutto il desiderio che aveva di andarsene, non riusciva a muovere un passo.

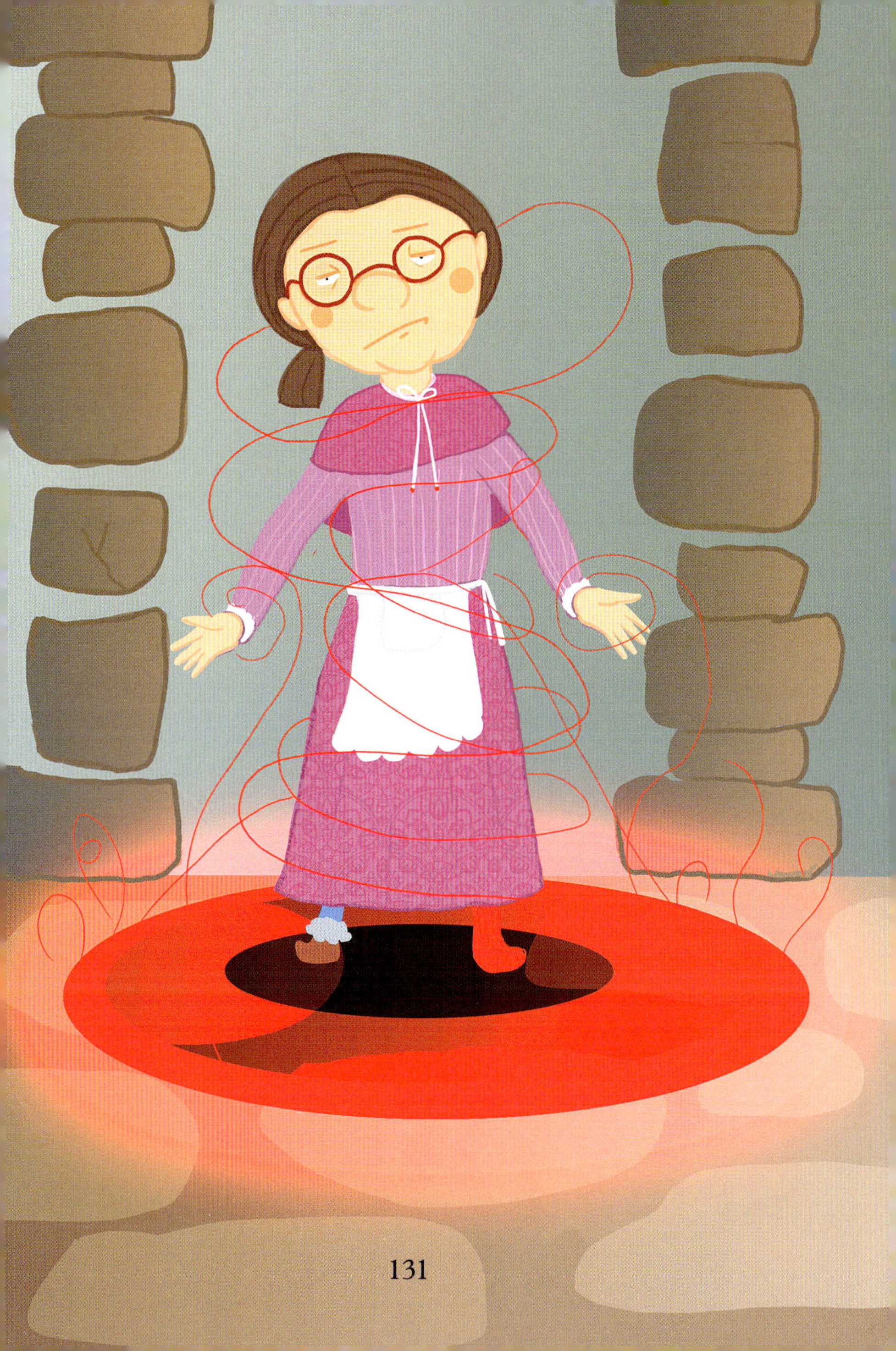

«Sei in mio potere» le disse la Befana.
«Ora farai tutto quel che ti comando.»
Per giorni Berta fu costretta a servire quelle streghe, finché una sera la Befana disse:
«Domani è il 6 gennaio, il giorno della mia festa, e stanotte dovrai lavorare molto. Io sono stanca, e mi sono stufata di andare in giro. Volerai sulla mia scopa e porterai le mie calze a tutti i bambini, perché io i bambini li detesto!»

Berta si sentì sgomenta. Era entrata in quella
dimora stregata per non morire di freddo
e ora era costretta viaggiare al gelo, di notte,
a cavallo di una scopa!

La Befana la guardò sghignazzando e disse:
«Adesso ascoltami e segui le istruzioni che ti darò.
E non tentare di scappare, perché la scopa
ti porterà dove dico io». E le enumerò tutte
le case dei bambini che doveva visitare.
In ognuna doveva calarsi dalla cappa del camino,
prendere la calza che i bimbi avevano appeso
e sostituirla con una calza rossa piena di cenere
e carbone. E doveva sbrigarsi, perché all'alba
doveva essere di ritorno.

Poi la Befana la portò all'aperto, all'esterno del grande abete: ad aspettarle c'erano già la mula e il carro carico di calze.

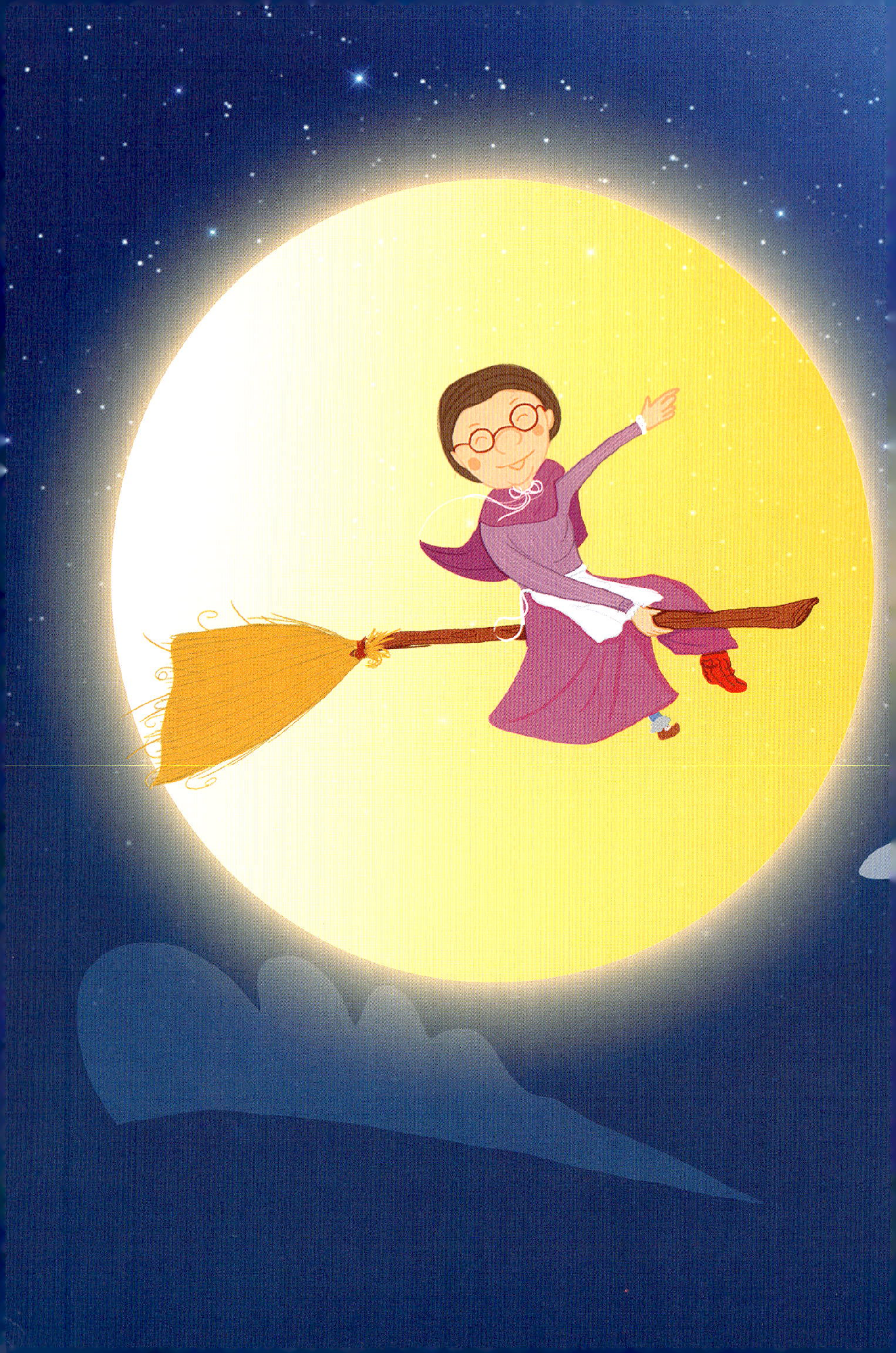

La scopa magica volò tra le gambe di Berta, che subito fu trascinata verso il cielo, seguita dalla mula e dal carro carico di calze, e la strana comitiva cominciò a viaggiare nella notte buia. Ma accadde qualcosa che la cattiva Befana non aveva previsto.

Non appena la scopa atterrò sul tetto della prima casa, la calza che la Befana aveva infilato con un maleficio nel piede di Berta si impigliò in una tegola, si sfilò e volò giù dalla cappa del camino sul focolare acceso, bruciando con una grande fiammata.

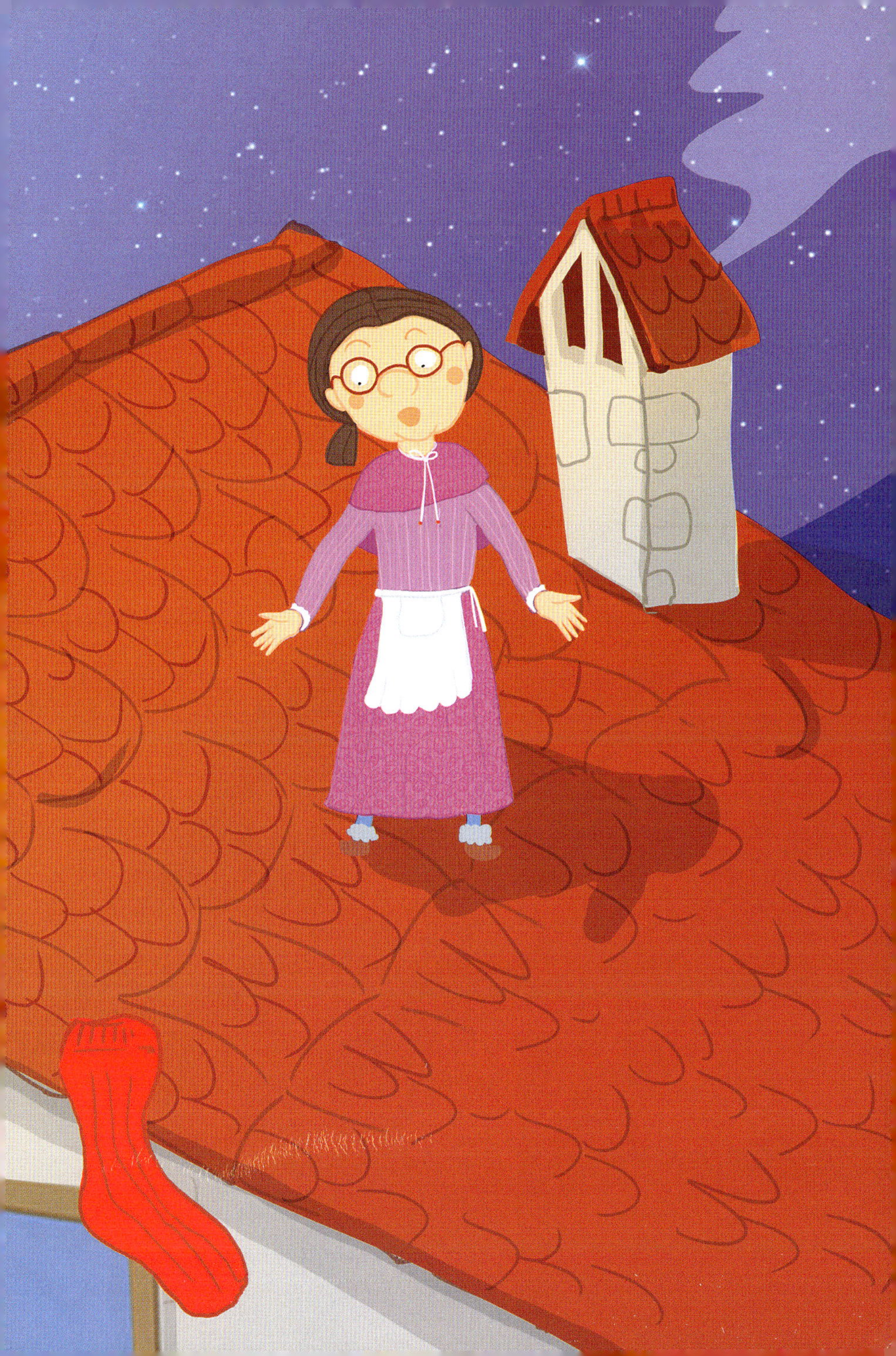

All'istante il perfido sortilegio della Befana
si ruppe, nel cielo apparve una stella cometa
luminosa e avvenne un prodigio straordinario:
cenere e carbone sparirono, e al loro posto
le calze rosse si riempirono di dolci
e di giocattoli.

Berta, liberata dal sortilegio, prese una decisione:
«La Befana malvagia mi aveva costretto
a portare carbone e cenere ai bambini.
Ora che l'incantesimo è rotto, donerò con gioia
le calze ai bambini». E così fu.

Berta quella notte viaggiò a lungo: scendeva dalla cappa di ogni camino, staccava la calza vuota e la sostituiva con quella rossa piena di dolci e giocattoli. E quando venne l'alba volò con la scopa fatata, la mula e il carro fino al grande abete, per vedere che cosa era accaduto nella notte incantata.

Quando arrivò, scoprì che il grande abete stregato era bruciato e ridotto a un cumulo di cenere.
E la cattiva Befana e le sue sorelle?
Sparite insieme all'abete.

Berta tornò a Monte Fattucchio
con il carro, la vecchia mula e la scopa magica,
ma non raccontò il suo segreto a nessuno.
All'amica Lena e ai paesani disse soltanto
che aveva saputo che la Befana se ne era
andata per sempre.

Ma da quel giorno, per tutti gli anni a venire,
Berta, buona Befana, alla vigilia dell'Epifania
riempiva il carro con calze piene di doni,
lo attaccava alla fedele mula e, a cavallo
della scopa fatata, viaggiava nella
notte per portare le calze a tutti i bambini.

Bartolo
e la magia della Befana

L'anno appena trascorso era stato molto
duro per Bartolo e la sua famiglia,
e quello nuovo non era cominciato bene.
In primavera nella valle non era scesa nemmeno
una goccia d'acqua a bagnare la campagna,
e l'estate era stata rovente e arida.

Nel campo di granturco le pannocchie si erano
seccate ancor prima di crescere e Bartolo
non era riuscito a ricavarne nemmeno un sacco
di farina per la polenta.
La stessa cosa era successa nell'orto, perché
anche il pozzo si era asciugato e non c'era
abbastanza acqua per annaffiare le verdure.
Avevano tirato avanti con un po' di rape
e con qualche pianta di fagioli. Gli alberi da frutto
avevano dato pochissime mele e qualche noce.

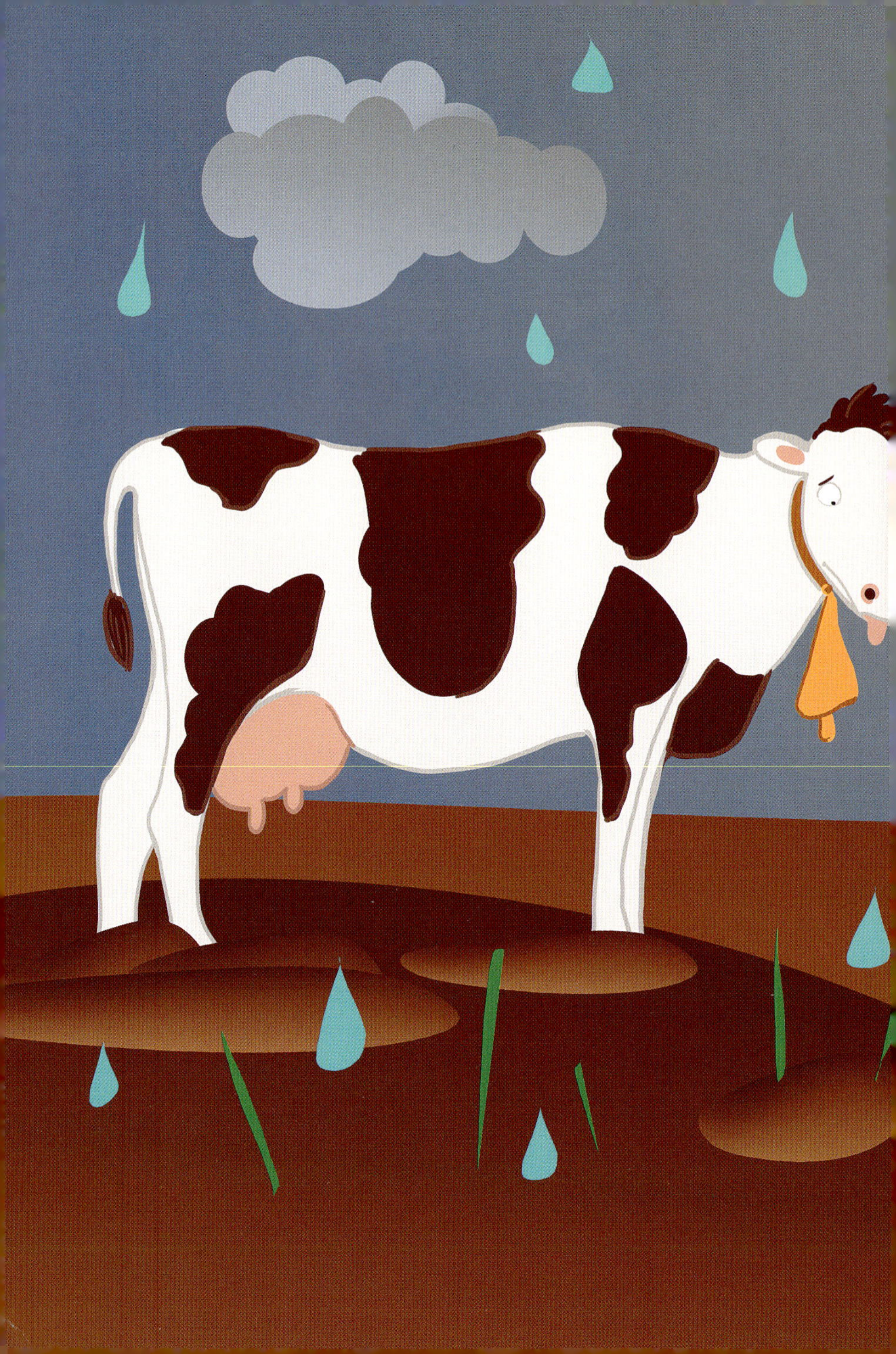

Sui prati, di solito verdi e rigogliosi, erano spuntati radi fili d'erba, appena sufficienti per la mucca Rosetta e per le tre capre, che si erano ridotte a brucare rovi e ortiche.
Bartolo aveva sperato nell'autunno, e finalmente la pioggia era arrivata: molta pioggia. Troppa. E quella che all'inizio era sembrata una benedizione si era trasformata in una sventura. Aveva piovuto per giorni e giorni, e la terra, troppo secca per assorbire l'acqua, si era trasformata in un mare di fango.
Così anche il raccolto delle patate era andato a male.
Poi era giunto l'inverno, e con l'inverno la neve.

«E adesso che facciamo?» disse Bartolo
una gelida sera di gennaio alla moglie, seduta
con lui accanto al camino.
I bambini erano appena andati a letto,
dopo aver mangiato solo una minestra leggera.

«Non c'è più niente da cucinare. Non abbiamo più farina, le mele sono finite e in cantina le botti sono vuote. È rimasto solo un sacchetto di fagioli. E Rosetta e le capre sono così magre che non danno più latte. Che ne sarà dei nostri bambini, Marta? Che cosa daremo loro da mangiare?»

«Bartolo, non preoccuparti. Dobbiamo avere speranza, succederà qualcosa di bello e buono, ne sono certa» gli rispose la moglie.

Marta era una donna piccola che sprizzava ottimismo e allegria.
«Domani è l'Epifania, e sai quanto Leo e Anna attendano con fiducia la Befana. Guarda, hanno appeso le loro calze alla cappa.»
«Appunto! E noi che cosa ci mettiamo nelle calze, Marta?» domandò sconsolato Bartolo.

«Non abbiamo più nemmeno una mela.
E noci e nocciole sono finite da tempo.»
«Beh, tanto per cominciare io ho fatto
una bambola di pezza per Anna, perché
so quanto la desidera.»

Marta mostrò al marito una bellissima bambola
dalla faccia rotonda e ridente: aveva due bottoni
blu per gli occhi, i pomelli colorati di rosso
e due trecce di lana gialla. Le aveva cucito anche
un grembiulino con un vecchio strofinaccio
a quadretti bianchi e rossi.

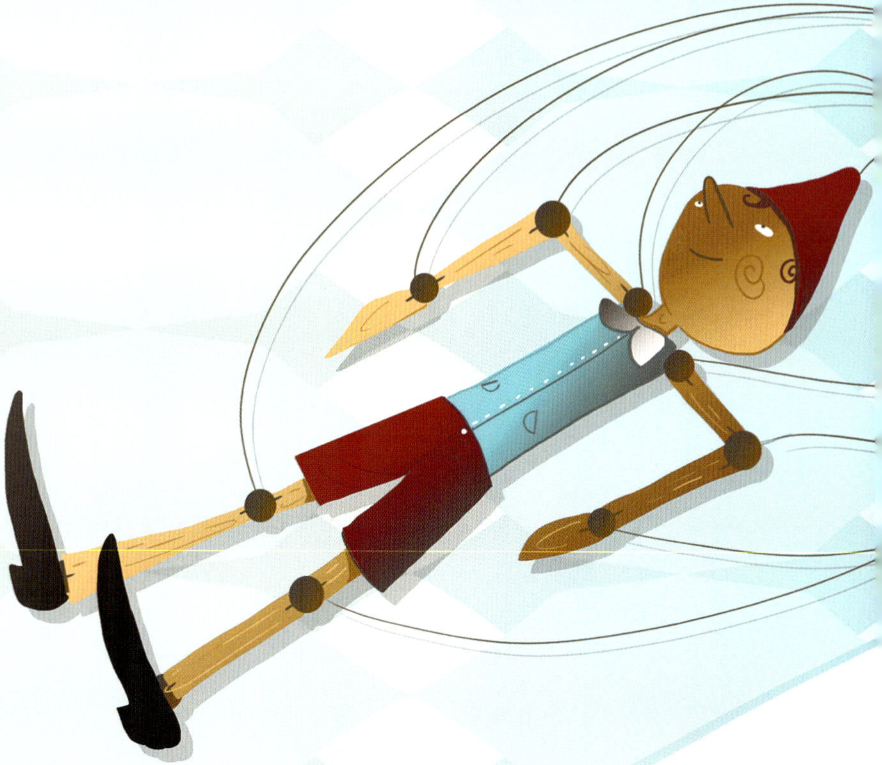

«Hai visto? Anna avrà il suo dono. E tu non hai preparato un burattino di legno per Leo? E allora...»
«Sì. Come al solito hai ragione, Marta» disse Bartolo abbracciando la moglie. «Posso sempre contare sulla tua saggezza e sul tuo buonumore. Ogni volta riesci a rasserenarmi.»
«Guarda, Bartolo. Guarda fuori dalla finestra. Ha smesso di nevicare ed è spuntata la luna. Andiamo a vedere.»

Uscirono di casa e alzarono gli occhi.
Una cometa stava solcando il cielo
e, sulla sua scia, una strana figura attraversava
la volta celeste a cavallo di una scopa.
All'improvviso l'aria si fece dolce e profumata.

Tenendosi per mano, Marta e Bartolo camminarono
verso l'orto: i fiocchi di neve scintillavano sugli
alberi come diamanti e i rami erano carichi…
di mele, pere e noci.
E poi si udì il suono di centinaia di campanelle.
La fontana aveva ripreso a scrosciare e un vino
fresco e spumeggiante sgorgava al posto dell'acqua.

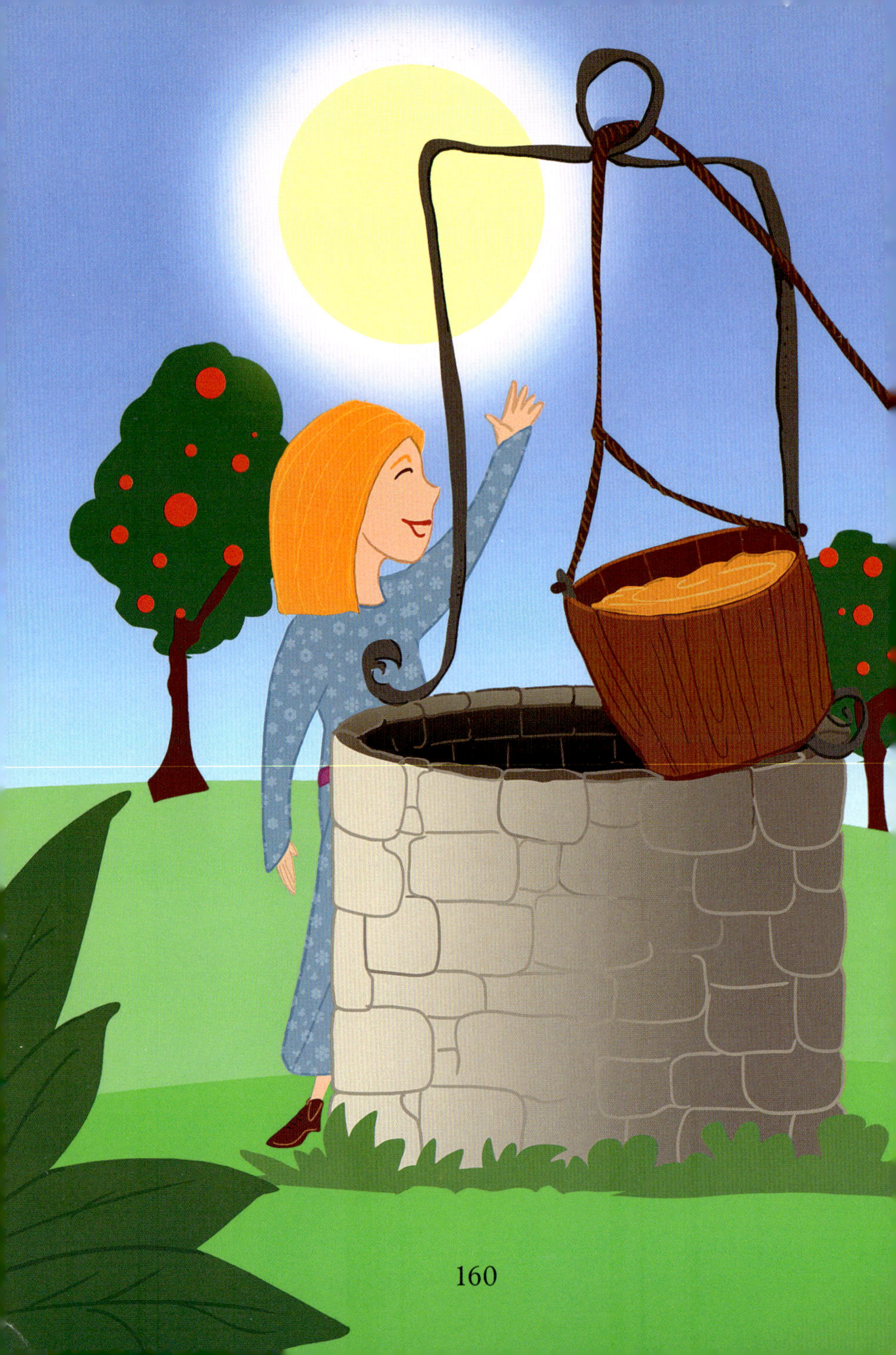

L'uomo e la donna non credevano ai loro occhi.
E, non appena si affacciarono al pozzo, videro
la luna specchiarsi e galleggiare su un liquido dorato.
Bartolo calò il secchio e quando lo recuperò
si accorse che era pieno d'olio.
In quel momento dalla stalla uscirono belati gioiosi
e il muggito di Rosetta era più vigoroso che mai.

Bartolo e Marta corsero dai loro animali e videro che un vitellino appena nato succhiava beato dalle mammelle di Rosetta, mentre tre caprettini si nascondevano tra le zampe delle loro mamme.
«Ma che cosa sta accadendo?» balbettò Bartolo.
«Te l'avevo detto che sarebbe successo qualcosa di meraviglioso» disse Marta.

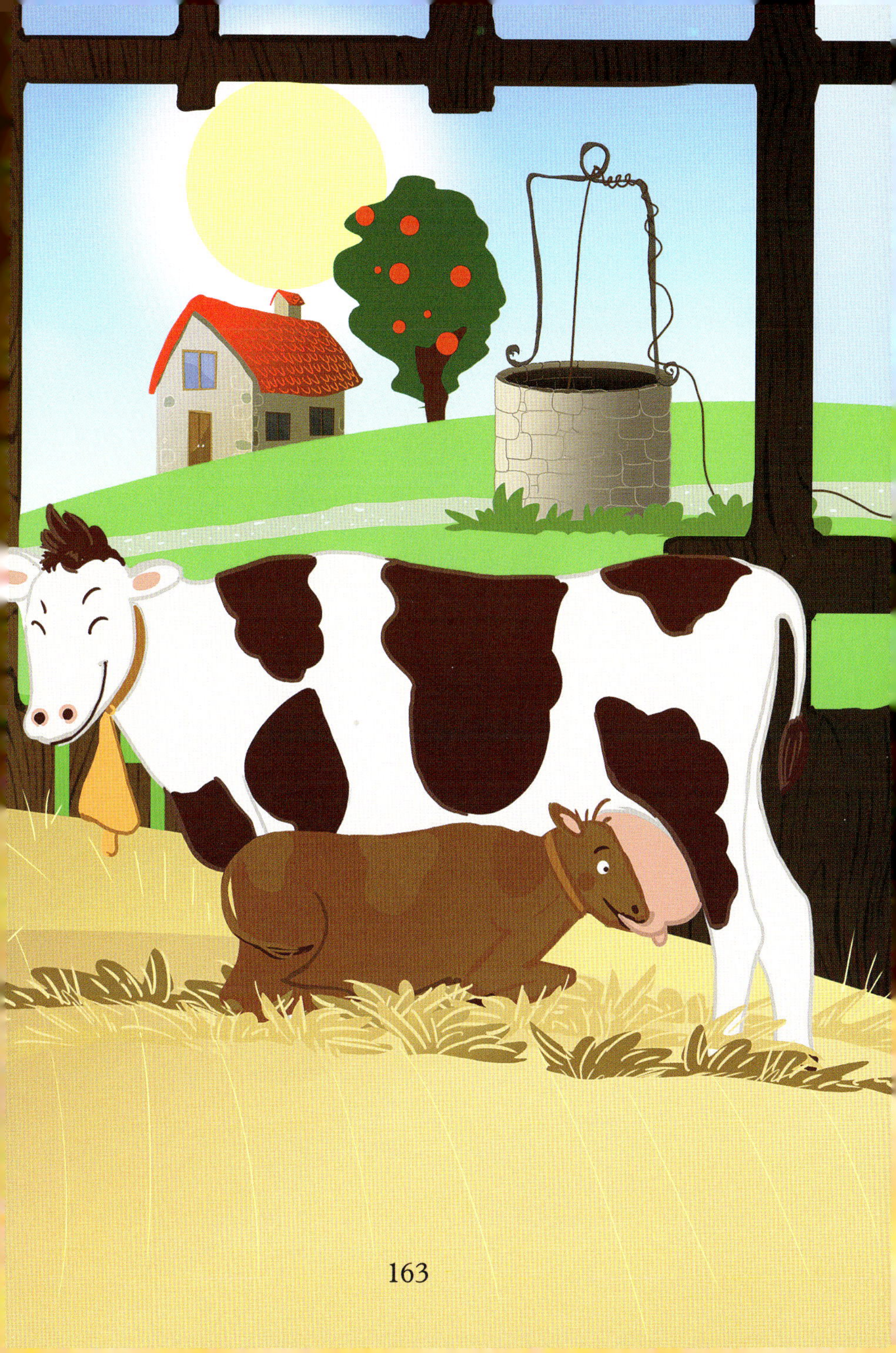

Quando tornarono a casa trovarono file di salami e formaggi appesi alle catene del camino, mentre sul fuoco bolliva il paiolo, colmo di polenta. E in cantina i sacchi, prima vuoti, ora straripavano di farina e di patate.

Bartolo prese le botti e le damigiane, le portò
alla fonte e al pozzo e le riempì di vino
e di olio, mentre Marta andò
a prendere la frutta.
Trascorsero la notte così:
a raccogliere tutta quell'abbondanza
che li circondava.

«Caro marito mio, hai visto?» disse Marta, quando finalmente, stanchi ma felici, riuscirono a sedersi di nuovo accanto al camino.

«Non bisogna mai disperare, soprattutto
nella notte più magica dell'anno. Hai notato
le calze dei nostri bambini? Sono piene di dolci.
La Befana si è ricordata di noi e di loro.
E ci ha colmati di doni.»

Il mattino dopo Leo e Anna trovarono
le calze con i dolci, la bambola e il burattino.
Fu la giornata più allegra dell'anno
e la festeggiarono con la mamma, il papà
e tutti gli amici e i vicini, mangiando a sazietà
e brindando alla buona Befana.

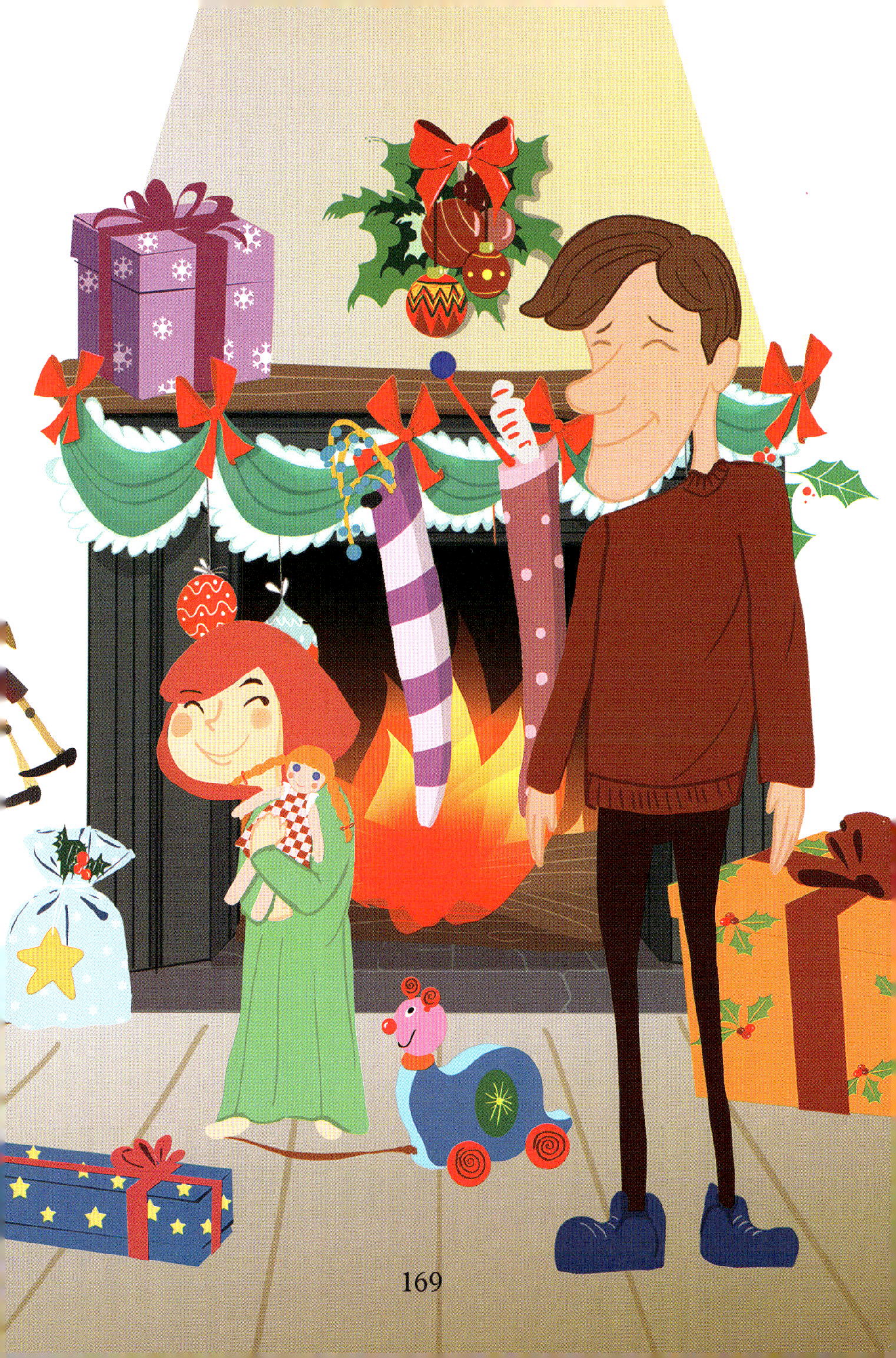

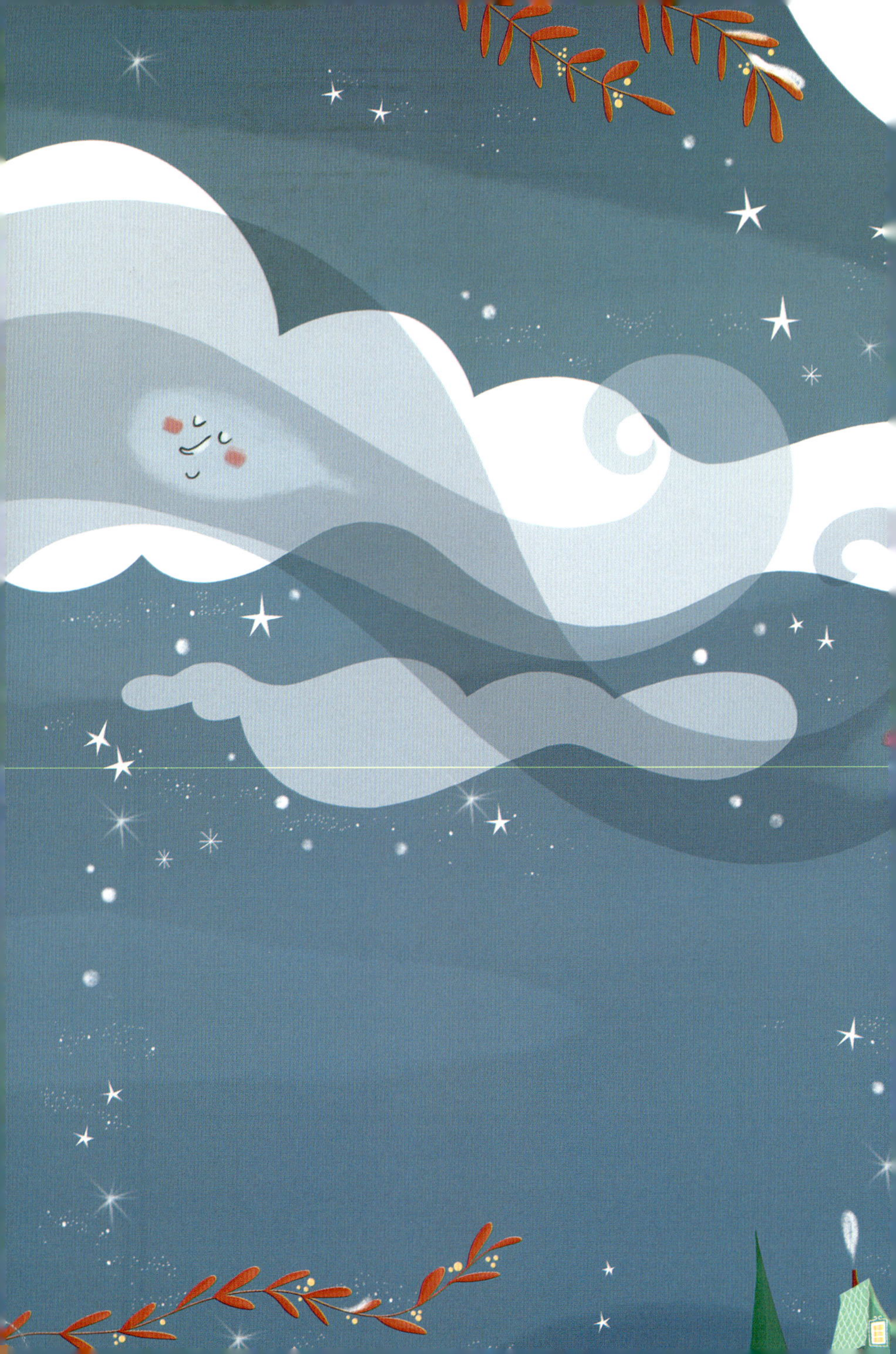

La Befana e i Re Magi

Babushka

Da una leggenda popolare russa

C'era una volta una donna anziana che viveva da sola in un'isba in mezzo al bosco, poco lontano da un villaggio.
Babushka (così tutti chiamavano affettuosamente la nonnina) teneva la sua isba sempre in perfetto ordine.

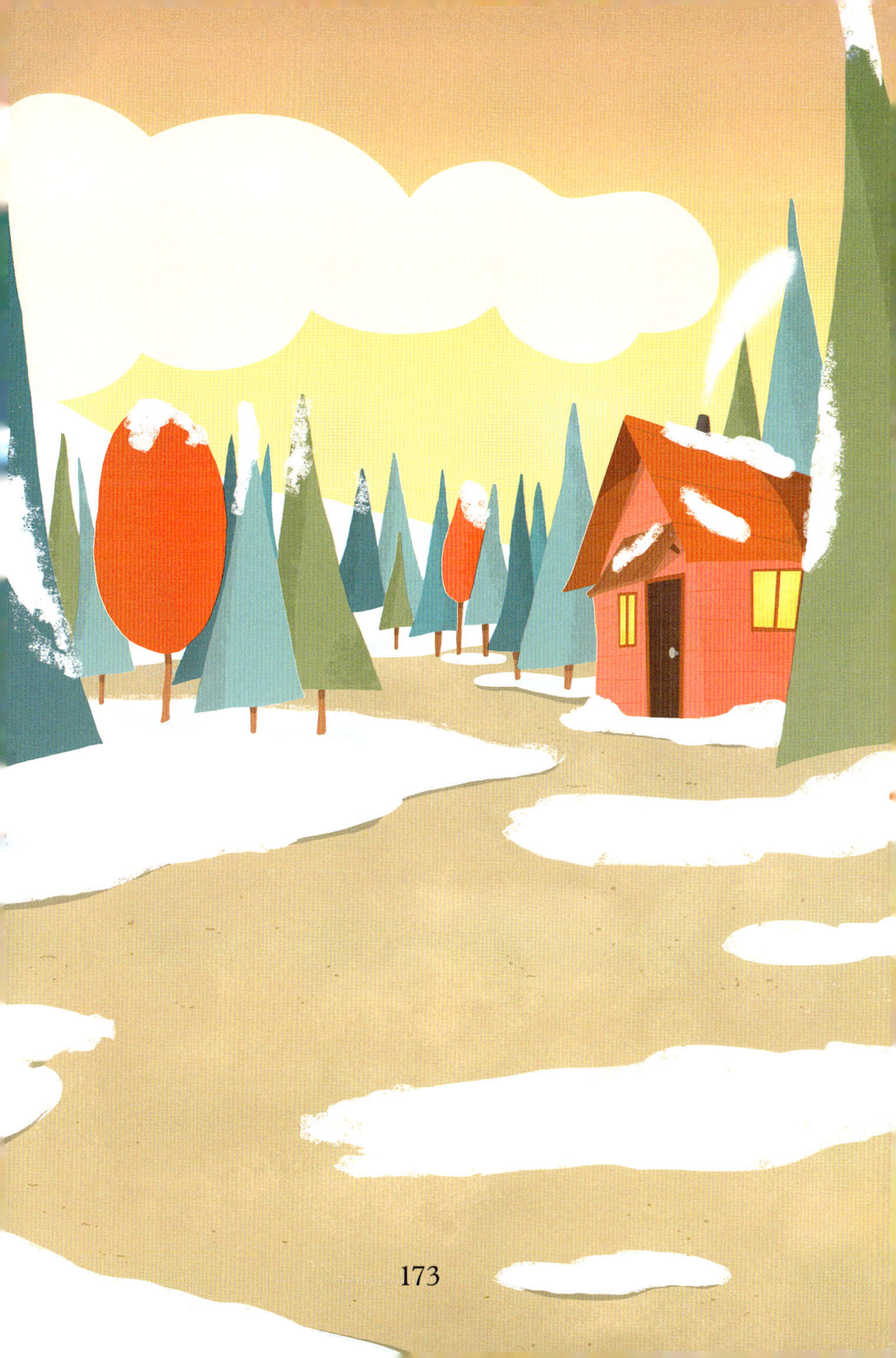

Trascorreva, infatti, le sue giornate
a spolverare, lavare, lucidare i pavimenti
e i modesti mobili che arredavano la casa.
Gli abitanti del villaggio le volevano bene
e andavano spesso a trovarla, anche perché,
quando non era intenta a pulire, Babushka
cucinava per loro zuppe succulente, torte
e dolcetti deliziosi. E confezionava bambole
di lana e paglia, pupazzi e marionette
per i loro bambini.

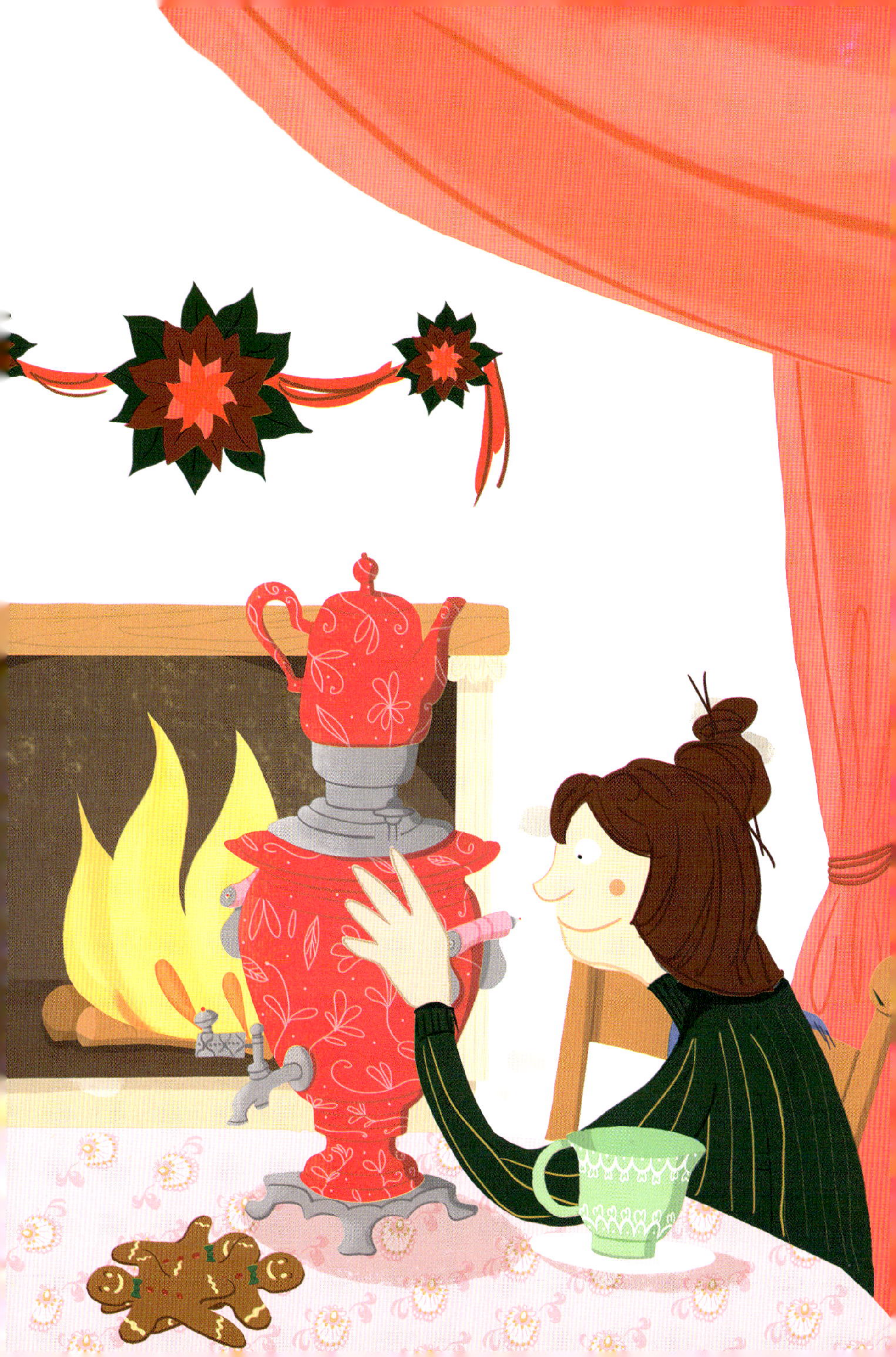

Era sempre così indaffarata che una fredda notte di dicembre non si accorse della stella cometa che risplendeva nella volta celeste e rischiarava perfino l'interno dell'isba.

Babushka stava lavorando a maglia vicino al focolare, quando sentì bussare alla porta.

Andò ad aprire e vide quattro pastori tremanti, avvolti nei loro mantelli luccicanti di brina. «Nonnina, ci puoi dare riparo per questa notte, per favore?» chiesero i pastori.

«Entrate, entrate pure» disse la buona Babushka.
«Venite a sedervi accanto al fuoco, vi darò
una scodella di zuppa calda, appena fatta.
Così mi raccontate cosa vi ha portato fin qui,
in questa notte di gelo.»

«Ma come, non lo sai, nonnina? Non hai visto i segni nel cielo? Non hai visto la stella dalla lunga coda argentata? Noi la stiamo seguendo e lei ci porterà dal piccolo re che è appena nato. Dicono che porterà pace e gioia su tutta la Terra... Nonnina, perché domattina non vieni con noi?»
Ma Babushka aveva timore di lasciare la sua isba. Andare alla ventura e affrontare un lungo cammino non era certo per lei.

«Sono troppo vecchia per viaggiare, e fuori c'è nonno Gelo. E le mie povere ossa sono stanche. No, no, andate voi a salutare questo bambino prodigioso, anche da parte mia.»
Così, il mattino dopo, di buonora, i pastori ringraziarono la vecchina per l'ospitalità e ripresero il cammino.

Babushka quel giorno pulì con minor energia,
si sentiva un po' triste. In fondo in fondo, avrebbe
desiderato anche lei conoscere quel bambino,
ma il timore di allontanarsi dal suo villaggio
era più forte del desiderio.
Giunse la sera. Babushka stava per andare
a dormire, quando sentì delle voci venire
dal bosco.

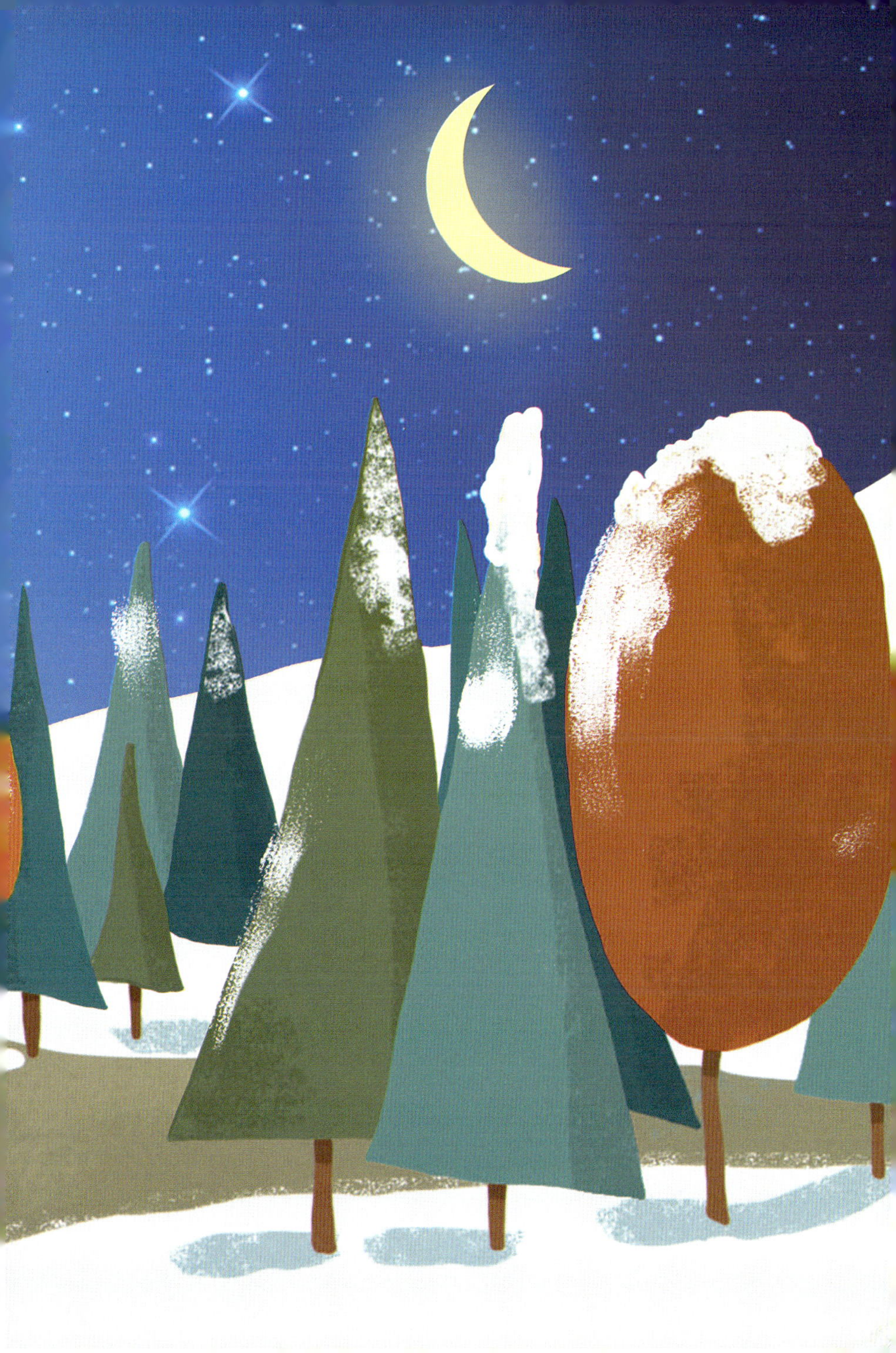

Prese una lanterna e si affacciò sulla soglia
della sua isba, per capire che cosa stava accadendo.
Quello che vide le riempì gli occhi di stupore.
La luce della lanterna illuminò il volto di tre
uomini dalle lunghe barbe, avvolti in sontuosi
manti di ermellino, seguiti da un corteo
di servitori e valletti, cavalli e cammelli
che trasportavano scrigni preziosi pieni di doni.

«Chi siete?» balbettò Babushka, intimorita.
«Siamo i Magi» dissero i tre uomini con voce
grave. «Veniamo dal lontano Oriente, stiamo
andando a conoscere e adorare il nuovo re
appena nato, il piccolo re della pace e della gioia.
Vieni anche tu con noi, unisciti al corteo.»
Ma Babushka disse loro quanto aveva già detto
ai pastori: «Mi piacerebbe venire e incontrare
il prodigioso bambinello, ma vedete quanto
sono vecchia… Salutatelo da parte mia».

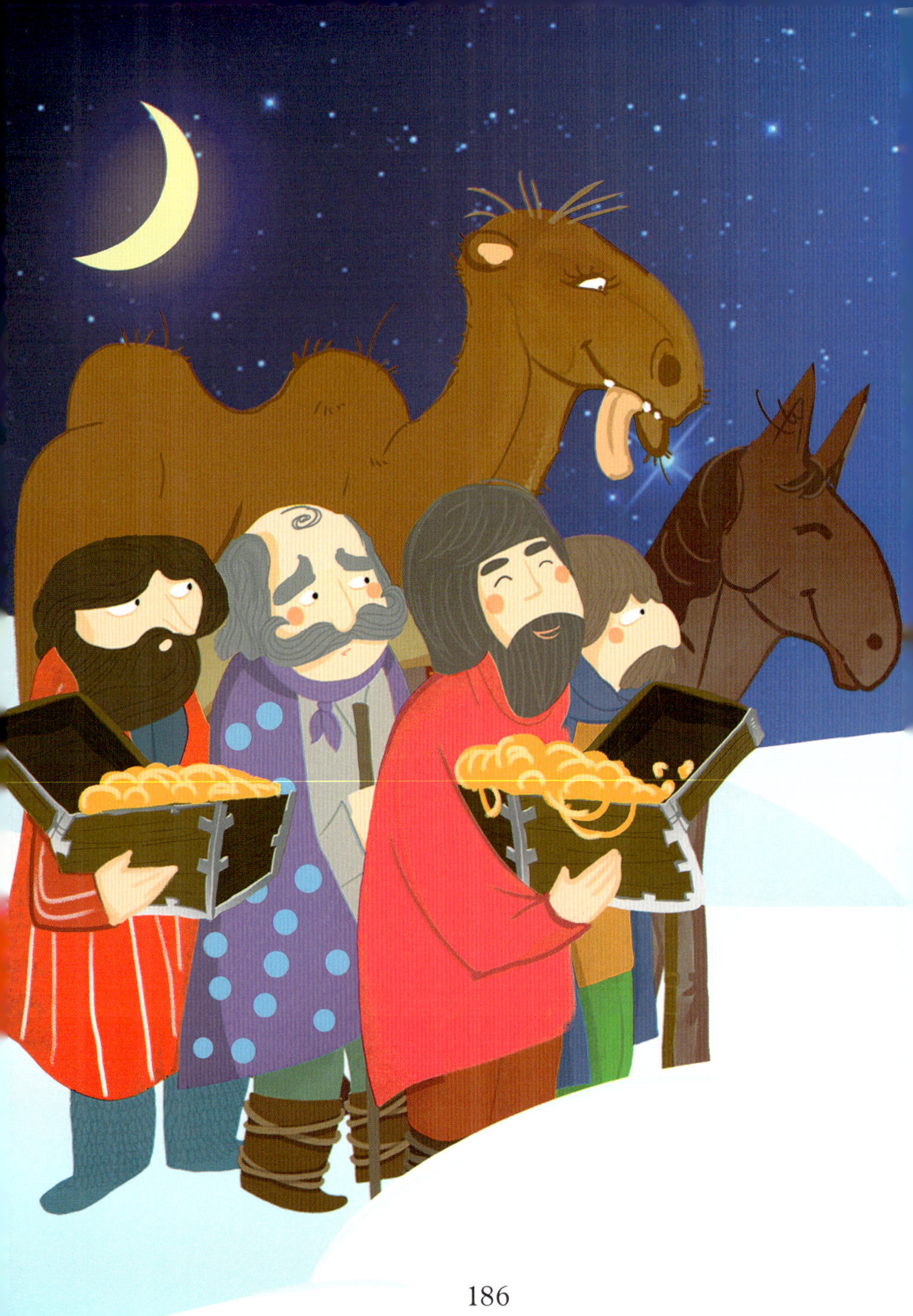

E lasciò che il corteo proseguisse lungo la strada.
Quando anche l'ultimo valletto sparì alla sua vista,
Babushka tornò dentro casa e sedette accanto
al fuoco, ma il suo cuore era pesante.

Trascorsero altri giorni e Babushka diventava sempre più triste. Era pentita di non aver seguito i pastori e il corteo dei Magi. Pensò molto al bambino, il piccolo re della pace e della gioia.

Allora, indossò il suo vecchio mantello, si mise
uno scialle in testa, prese la gerla, la riempì
di dolci, di bambole, pupazzi e marionette,
se la caricò sulle spalle e partì, appoggiandosi
alla sua inseparabile scopa.

Babushka camminò a lungo,
attraversò villaggi e campagne, e a tutti
chiedeva se avessero visto passare il corteo
dei Magi e quattro pastori che andavano
ad adorare il piccolo re della gioia.

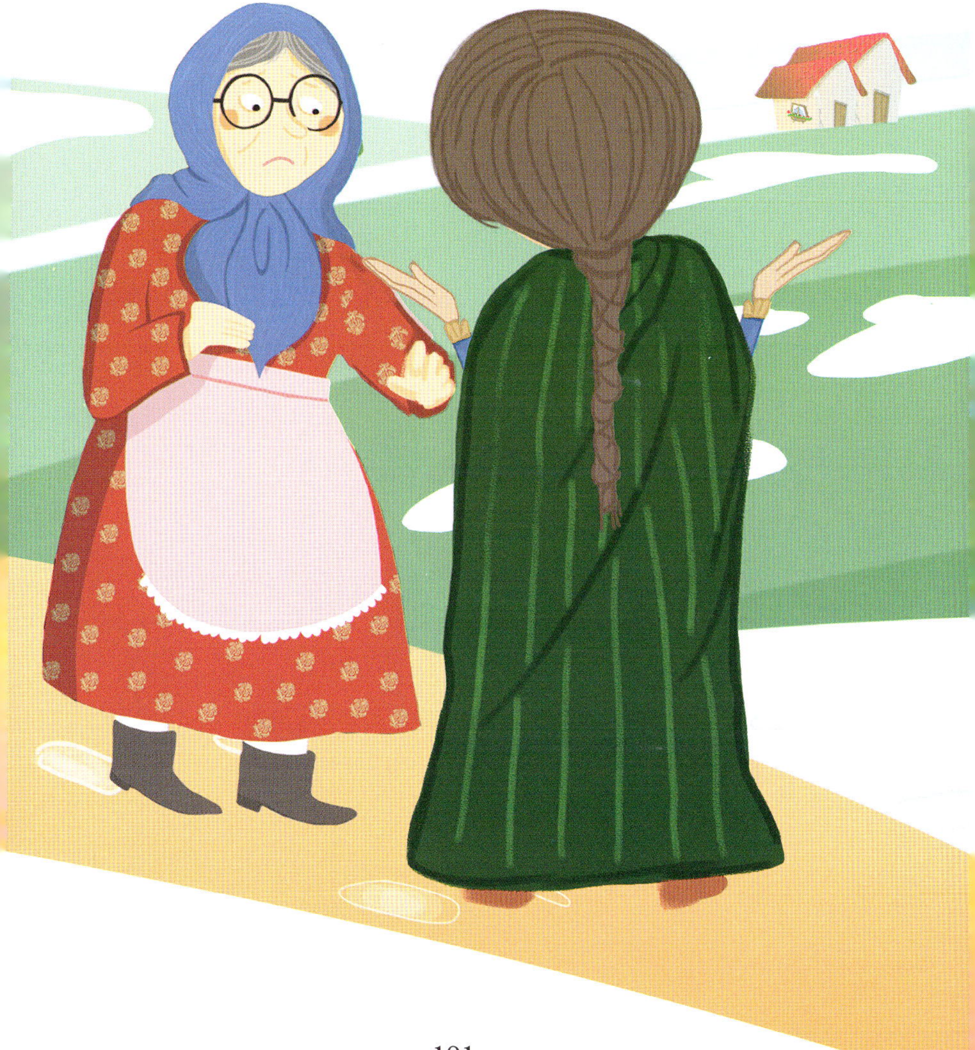

Ma nessuno sapeva rispondere con certezza:
«Forse devi andare dietro quella montagna...
Forse devi attraversare la grande la foresta...
Ci è sembrato di udire che erano diretti
a una grotta».
Babushka non raggiunse mai il corteo, né trovò
il piccolo re, e allora decise di regalare i doni
che aveva con sé ai bambini incontrati lungo
il cammino.

E da quel momento tutti gli anni, nei primi giorni di gennaio, in onore di quel bimbo re che lei non aveva mai visto, Babushka partiva dalla sua isba con la gerla colma di dolci e giochi, e li lasciava sulla soglia delle case dove abitavano i bambini.

Jonas e la vecchina

Jonas abitava in una baita ai margini di un bosco, ai piedi delle montagne, distante un'ora di cammino dal paese più prossimo. Era un tagliaboschi.
Lavorava duramente dalla primavera all'autunno, e ai primi freddi si riposava.

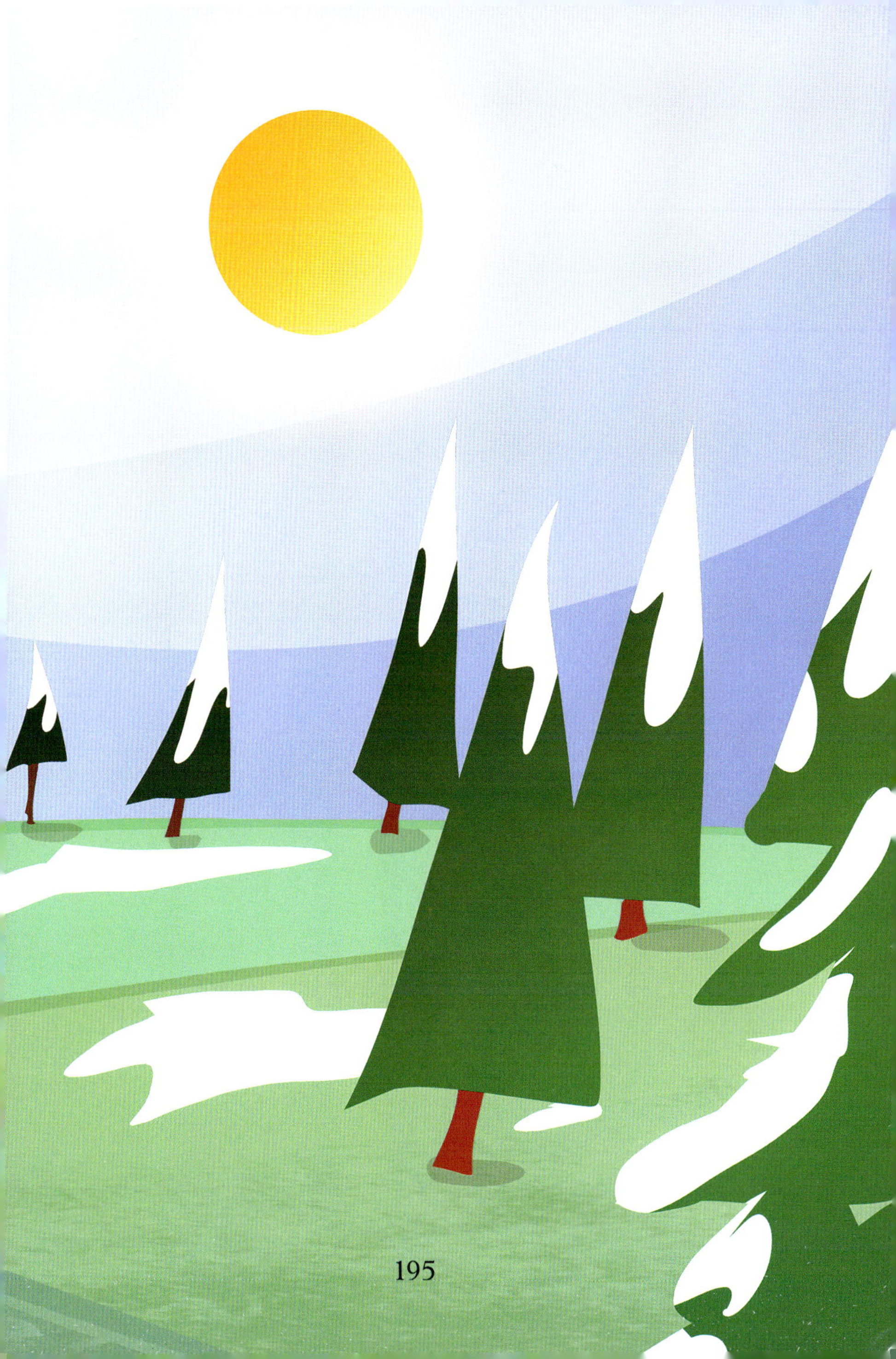

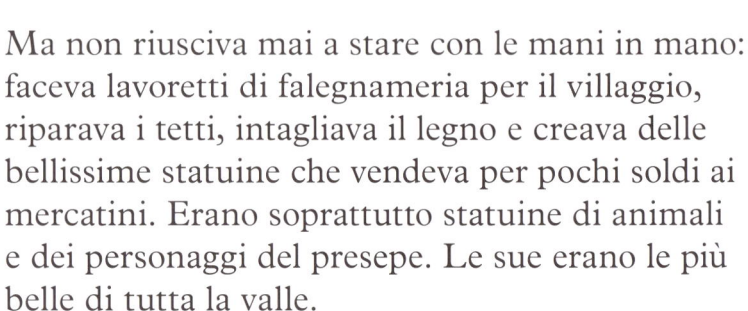

Ma non riusciva mai a stare con le mani in mano: faceva lavoretti di falegnameria per il villaggio, riparava i tetti, intagliava il legno e creava delle bellissime statuine che vendeva per pochi soldi ai mercatini. Erano soprattutto statuine di animali e dei personaggi del presepe. Le sue erano le più belle di tutta la valle.

Quell'anno, già a metà dicembre Jonas aveva
venduto tutte le statuine; gli restavano solo le sue,
le solite che aveva da sempre. Le tirava fuori
da una grande scatola e costruiva il presepe
su un tavolaccio, in un angolo vicino al camino.

Jonas lo preparava con grande cura. Prima faceva il paesaggio: ricopriva col muschio, raccolto nel bosco, montagne e colline di cartapesta.
Dalle montagne faceva scendere una cascata d'acqua, che diventava un rivo d'argento che affluiva nel laghetto. Poi preparava sentieri di sassolini bianchi, tutti che portavano alla capanna di legno e paglia. All'angolo opposto costruiva il villaggio, fatto di minuscole casette. In ultimo sistemava le statuine, che aveva intagliato e colorato quando era ancora un ragazzino. Maria e Giuseppe stavano ai lati del bambinello, l'asino e il bue nella capanna; pastori e zampognari scendevano dalle colline con pecore e mucche; il pescatore e la lavandaia sostavano ai bordi del laghetto, uno intento a pescare e l'altra a lavare i panni; e infine gli altri personaggi: un oste, un acquaiolo, donne, uomini e bambini che accorrevano dal villaggio. C'erano anche gli angeli sopra la capanna, vicini alla stella cometa dorata.

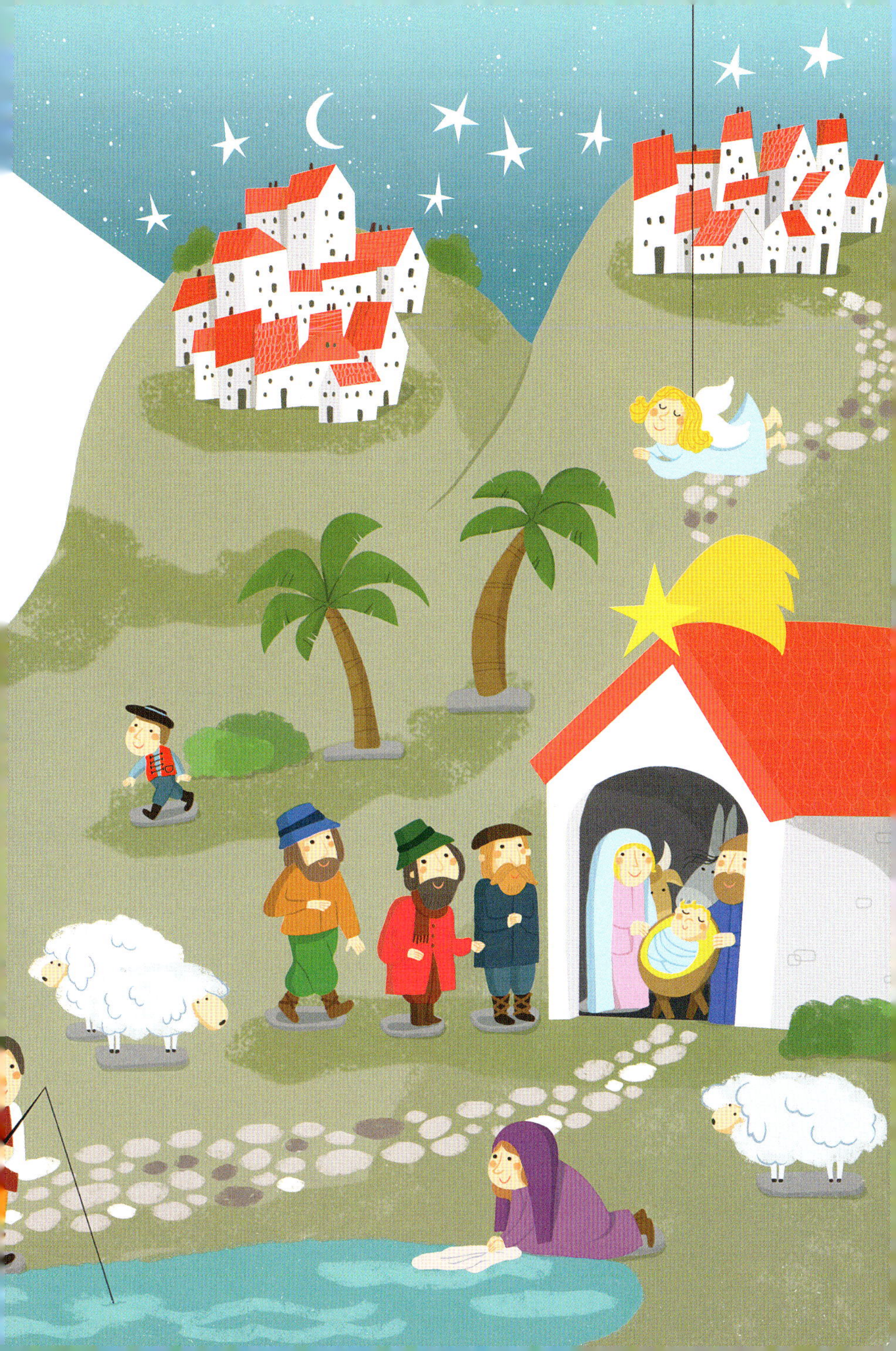

Furono giornate liete. Natale era arrivato in
un baleno e Jonas lo aveva trascorso in semplicità:
aveva invitato gli amici del paese a mangiare
e a festeggiare con lui.

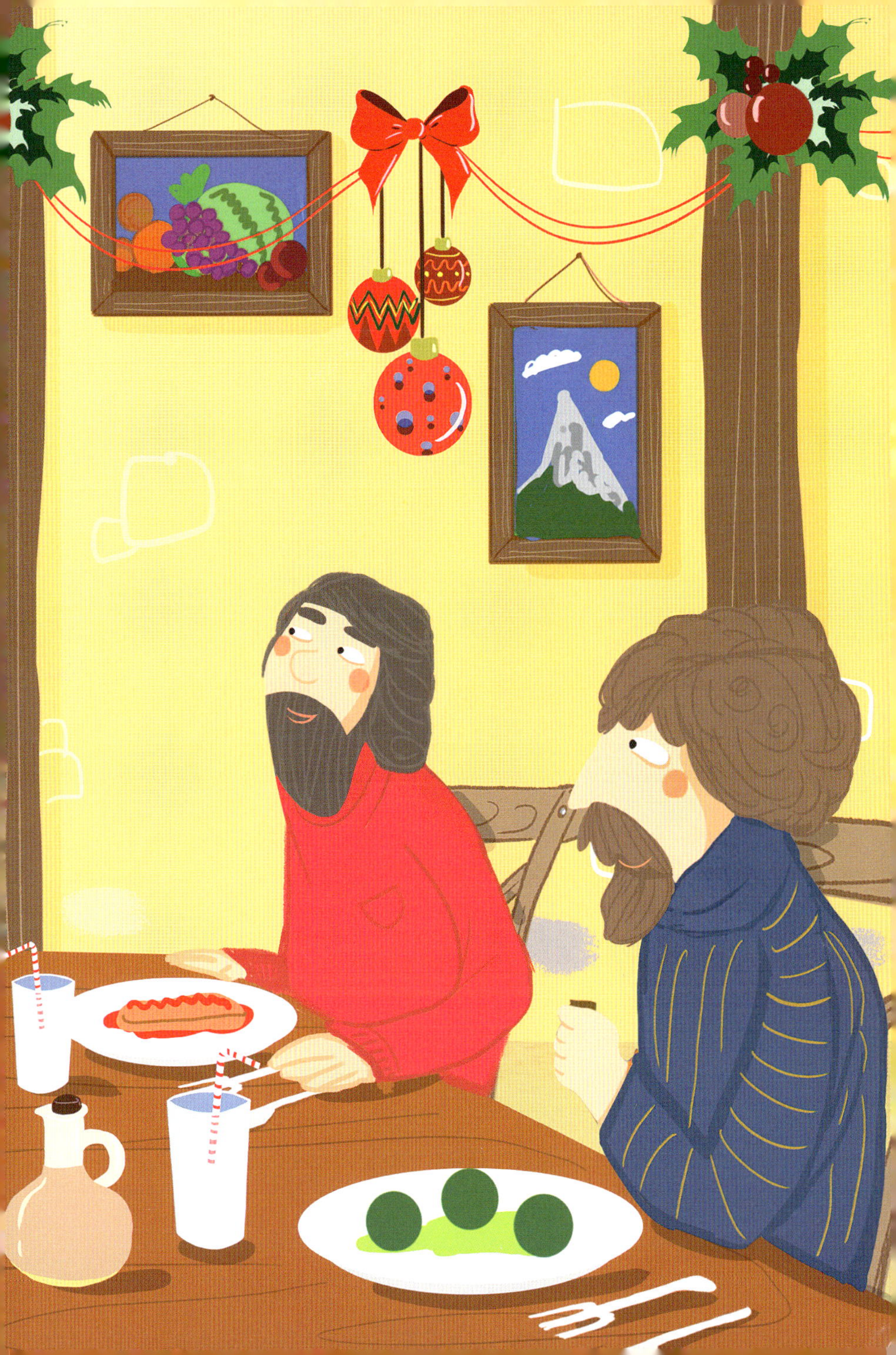

Poi Natale era passato e il primo giorno del nuovo
anno si era annunciato con una tempesta di neve.
E aveva nevicato anche il giorno dopo e il giorno
dopo ancora.
Jonas era rimasto isolato nella sua baita,
quei primi giorni di gennaio, e così era arrivata
la vigilia dell'Epifania.
Quella sera un bel fuoco ravvivava il camino,
e Jonas aveva messo Gaspare, Melchiorre
e Baldassarre davanti alla capanna del presepe.
Un paiolo di polenta sobbolliva piano sul fuoco,
e Jonas la stava mescolando tutto contento,
quando sentì bussare alla porta.

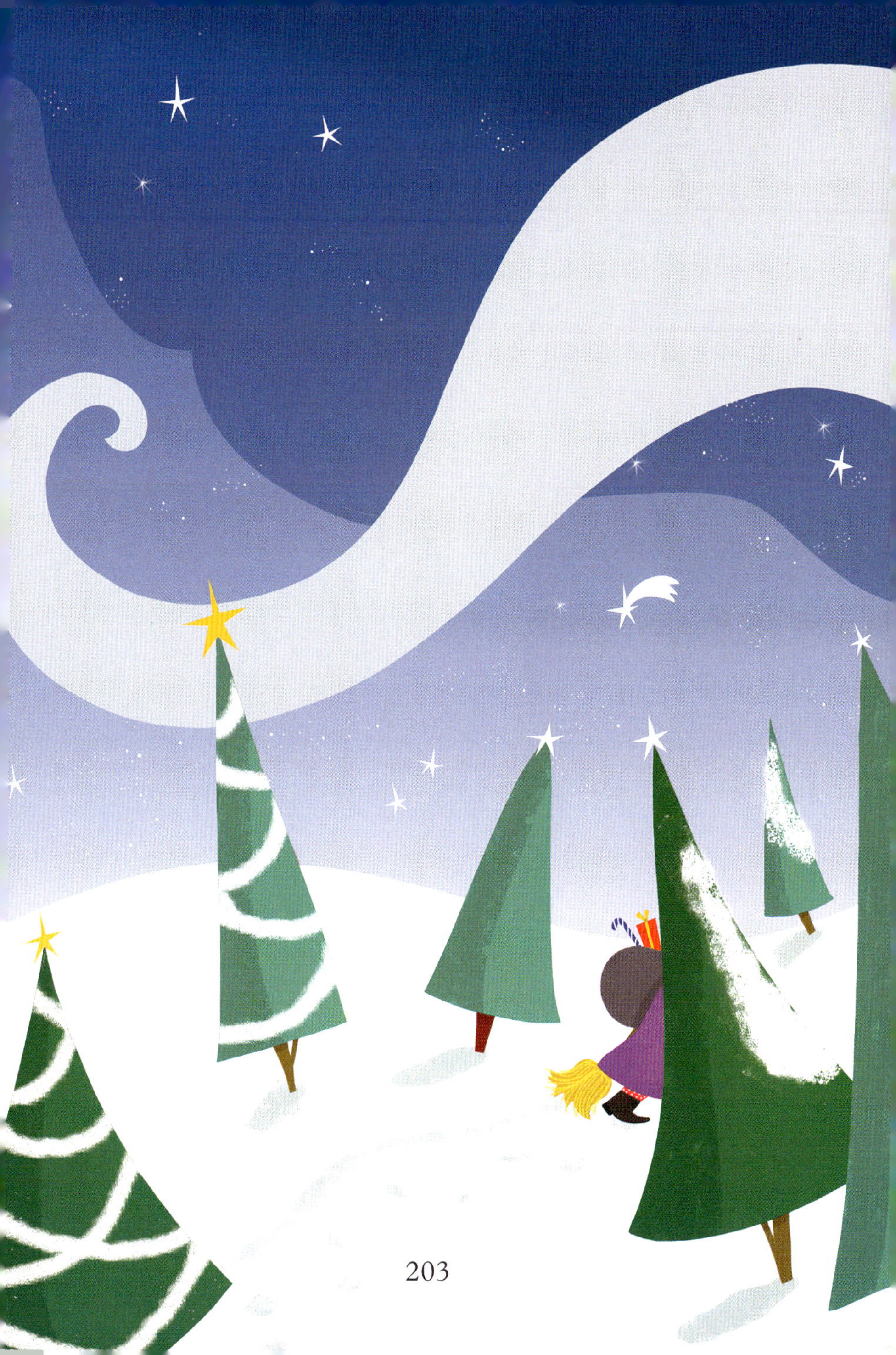

"Chi può essere a quest'ora?" pensò.
"Chi si avventura fin qui, con questa neve
e questo gelo?"
Andò ad aprire, e quale non fu la sua sorpresa nel
vedersi davanti una vecchietta tremante, avvolta
in un enorme scialle colorato, incurvata sotto il
peso di una grande gerla che portava sulle spalle.

«Entrate, buona donna, che ci fate in giro
con questo tempaccio?»
«Eh, succede!» mormorò lei, misteriosa. «Vengo
volentieri a scaldarmi» e così dicendo entrò nella
baita, scrollandosi di dosso la neve, che l'aveva
ricoperta come un manto bianco.

«Sedetevi qui, nonnina» disse Jonas premuroso,
facendola accomodare nella sua poltrona,
accanto al camino. «Chissà come siete stanca
e infreddolita. Da dove venite?»
La vecchietta fece un gesto vago, ma non rispose.
«Be', nonnina, toglietevi almeno lo scialle fradicio
e le calze. Li appenderò davanti al camino,
ad asciugare. Vi darò in cambio una coperta calda
e calze di lana asciutte.»

«Grazie, grazie, buon uomo, accetto di buon grado. Ma appena mi sarò riscaldata e i miei panni saranno asciutti, riprenderò il cammino.»
«Ma dove volete andare? Fuori è buio pesto e si gela. Tenetemi compagnia, piuttosto, e accettate un piatto di polenta e un bicchiere di buon vino, che vi rinfrancherà.»

208

«Siete proprio un caro figliolo, come vi chiamate?» chiese la vecchina.
«Jonas, mi chiamo Jonas. E voi? Come vi chiamate e dove state andando?»
«Jonas è proprio un bel nome» rispose lei sorridendo.
«Ma io... io sono troppo vecchia per ricordare come mi chiamo e dove vado.»

«Allora trascorrete la notte qui da me. Vi preparo
un letto qui, accanto al camino, così starete ben
calda. Domattina, dopo che vi sarete riposata,
e dopo una tazza di pane e latte, ve ne andrete.
Va bene?»
«Va bene, accetto. Siete così gentile con me. Avete
ragione, meglio far riposare queste vecchie ossa.»
E così la vecchina mangiò accanto al focolare
e poi se ne andò a dormire.

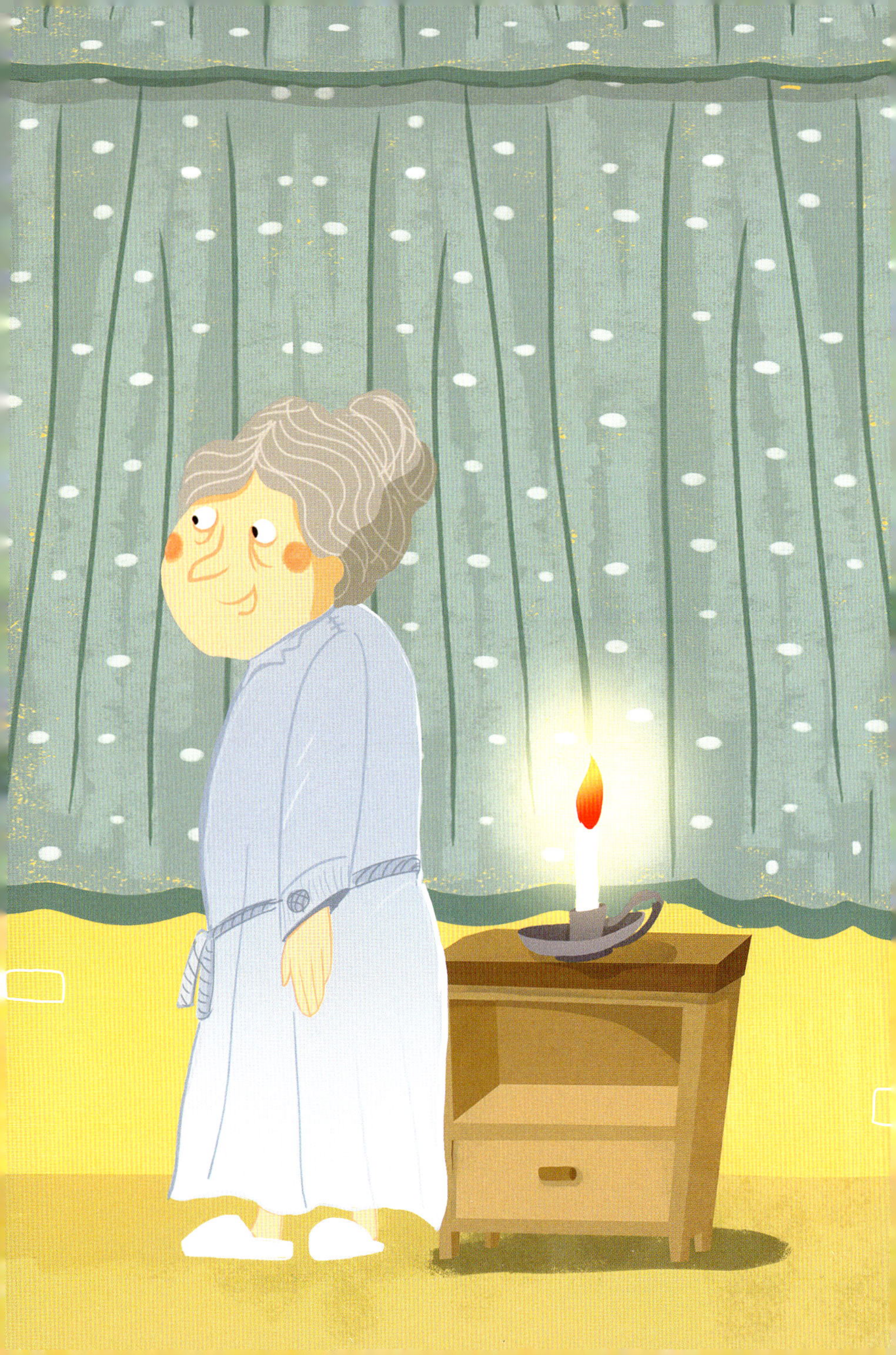

Ben presto anche Jonas salì nella sua camera, in mansarda.
Il mattino dopo, quando si svegliò, Jonas aprì le imposte della finestra. Aveva smesso di nevicare e un sole tiepido faceva brillare le cime degli alberi. "Ora vado a preparare la colazione per la nonnina e la sveglio" pensò Jonas.

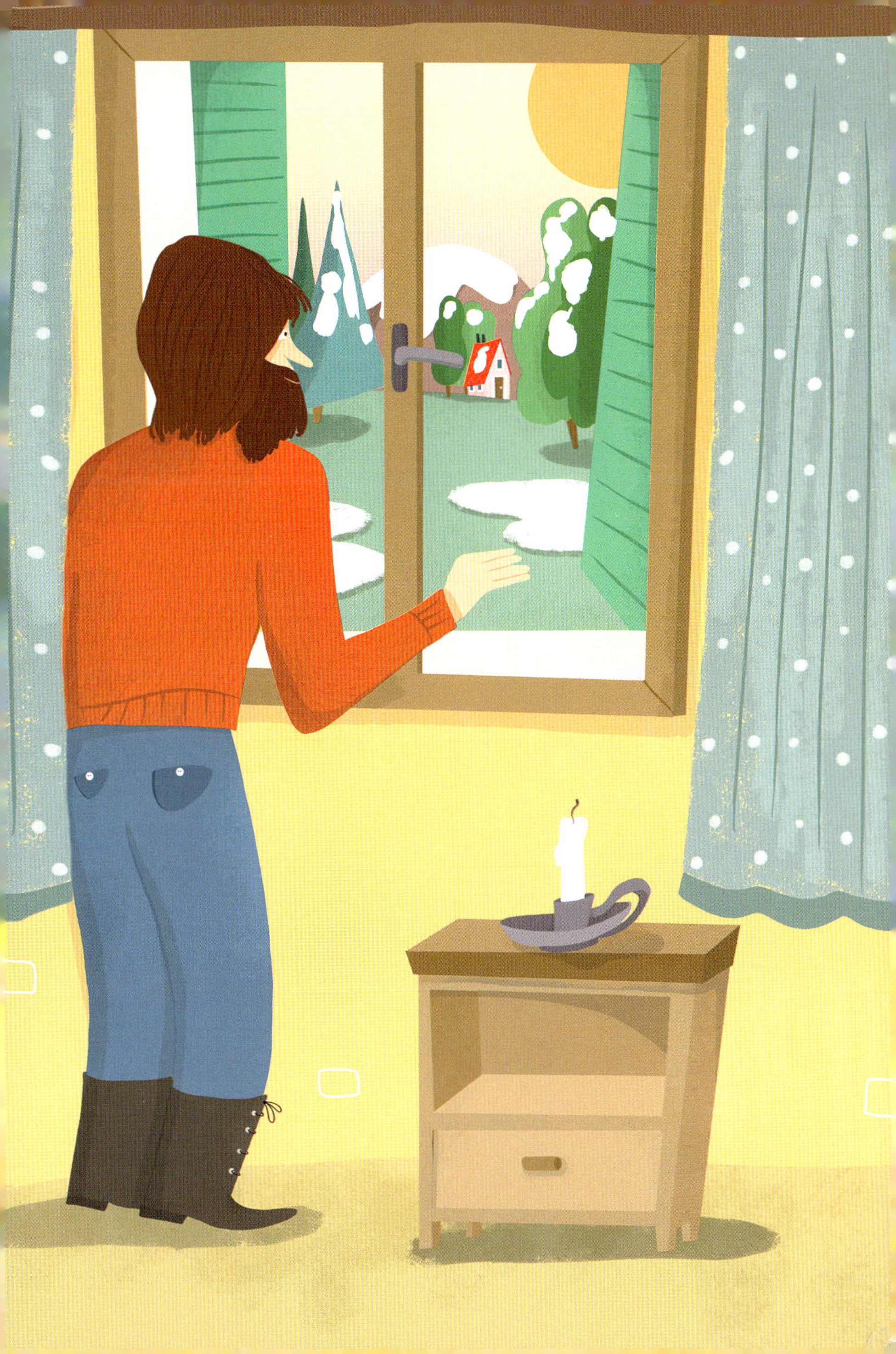

Ma quando scese nella sala, vide il letto rifatto
e nessuna traccia della vecchina.
La porta era socchiusa e fuori, sulla neve, c'erano
delle orme fresche che andavano verso il villaggio.

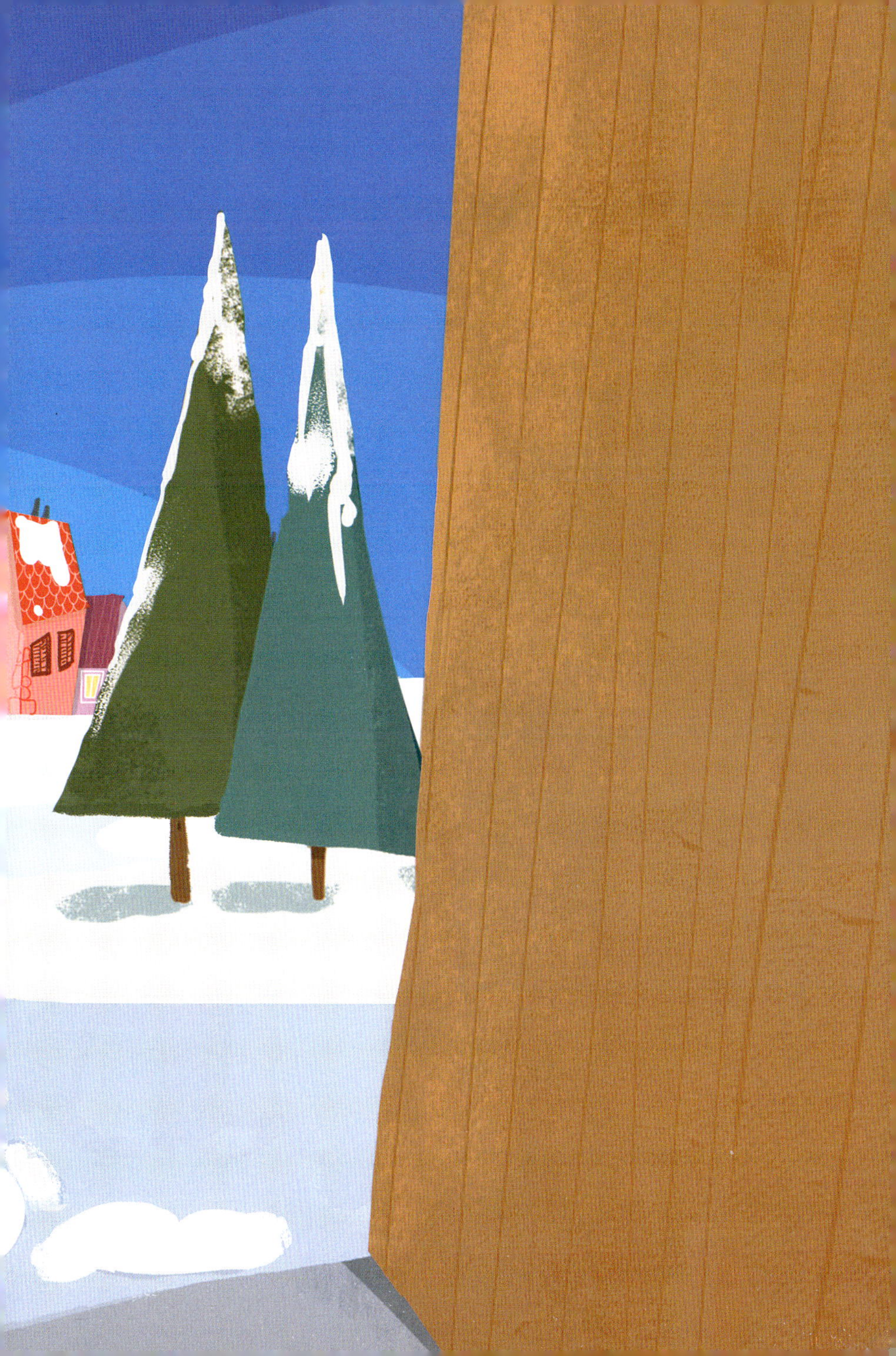

Jonas tornò in casa, si guardò intorno perplesso e la sua attenzione fu catturata dal presepe. Aveva notato qualcosa di strano: accanto ai Magi, infatti, c'era una nuova statuina che non c'era la sera prima. Era la statuina di una vecchina, in tutto e per tutto simile alla vecchina misteriosa che come era apparsa se n'era andata.

«Forse ho sognato tutto, e sto sognando anche adesso» mormorò Jonas.
Ma, voltandosi, vide che appese alla cappa del camino c'erano ancora le calze della nonnina, ed erano rigonfie. Pieno di stupore, Jonas si avvicinò e le prese: dalle calze caddero caramelle, torroni, cioccolatini e ogni sorta di dolciumi.
In fondo a una calza c'era un biglietto che diceva: «Grazie della tua ospitalità, caro Jonas.
Sei proprio un bravo figliolo. Forse l'anno prossimo ci vedremo ancora… La tua amica Befana».

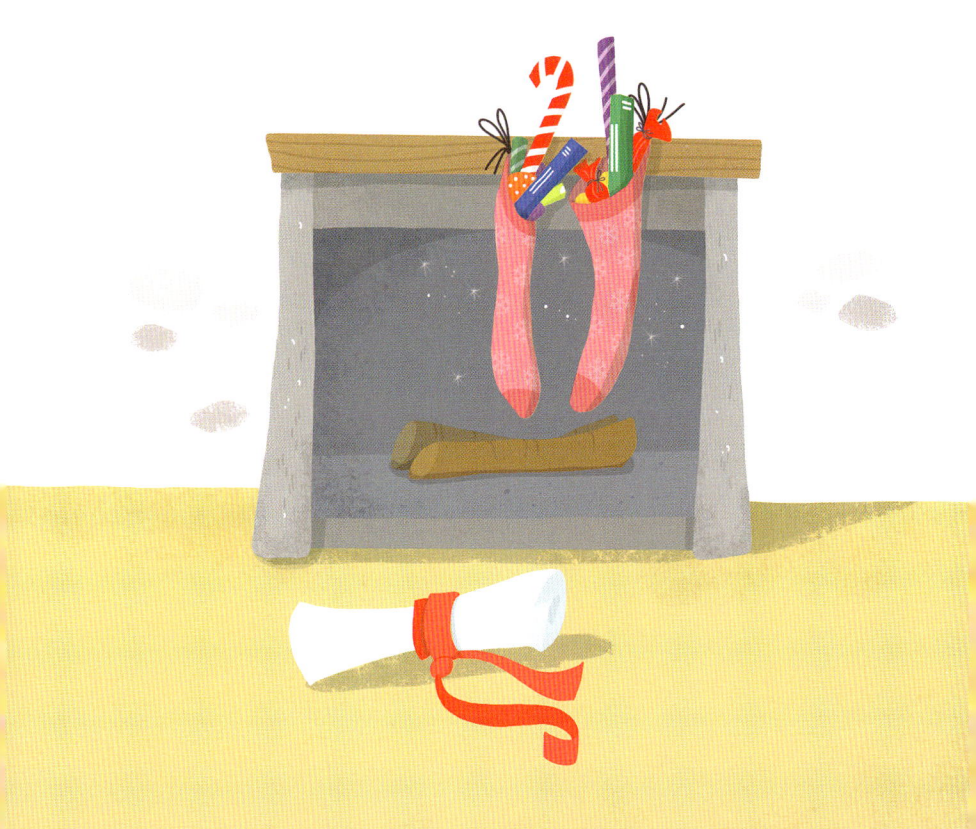

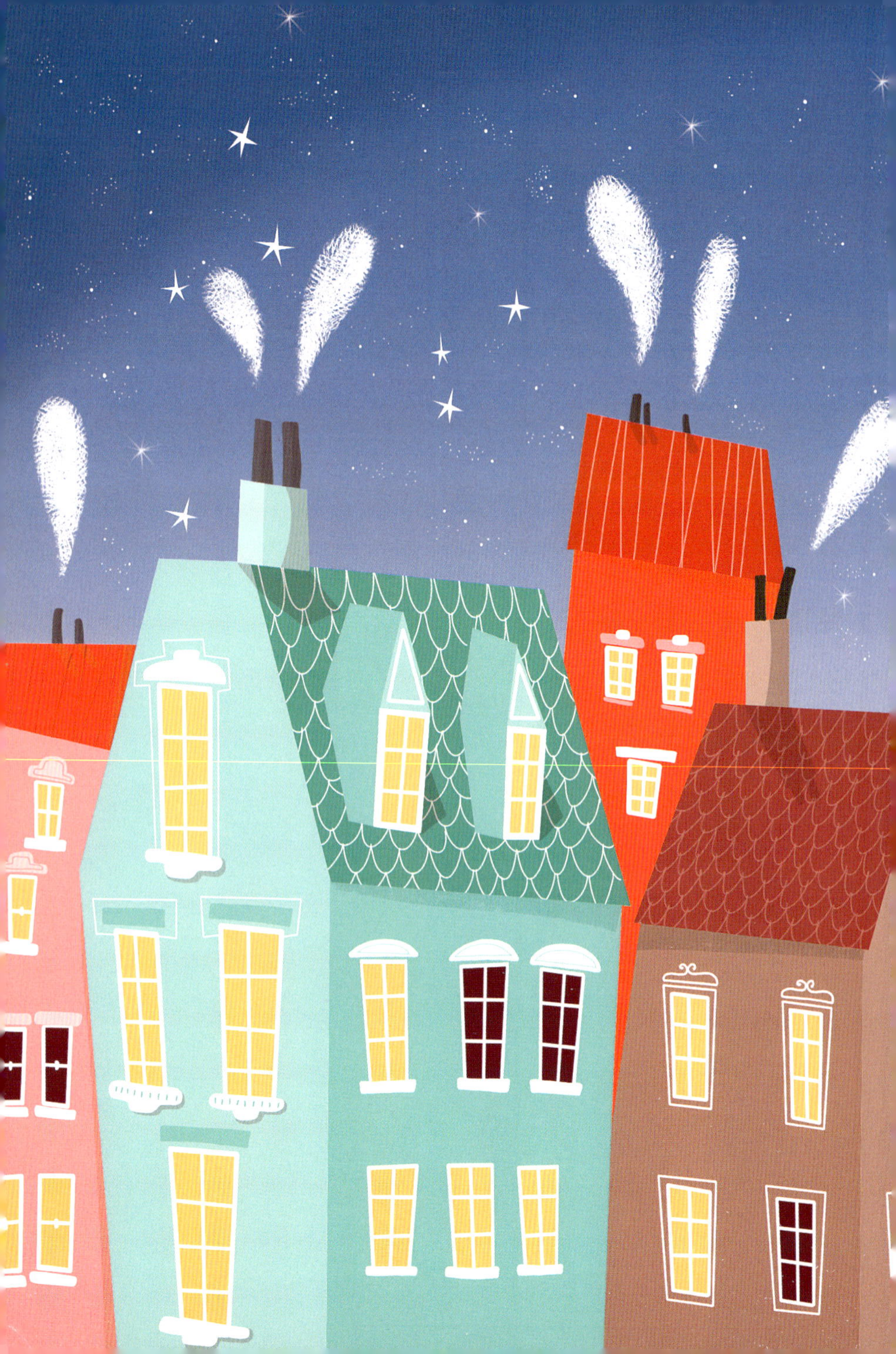

Indice

Introduzione 9

Le antenate della Befana 13
Giulia, Cecilia e la dea Strenua 14
La piccola Helga e Frau Holle 26

È arrivata la Befana 41
La Befana buona e la Befana cattiva 42
La storia degli animali parlanti:
  la Vecchia Befanì e il carrettiere 46
La storia della Vecchia Befanì e del turco 58
La vecchia Redodesa 66
La Befana dei dentini 72
La calza rossa 92
Bartolo e la magia della Befana 146

La Befana e i Re Magi 171
Babushka 172
Jonas e la vecchina 194

Le più belle storie della Befana

Testi: Paola Parazzoli
Illustrazioni: Michaell Grieco; Francesca Carabelli (pp. 8. 10-25, 40-47, 50-53, 56-61, 64-65, 170-173, 178-181, 184-185, 188-189, 192-193, 196-199, 202-207212-213, 216-218),

Redazione Gribaudo
Via Garofoli, 266
37057 San Giovanni Lupatoto (VR)
redazione@gribaudo.it

Responsabile iniziative speciali: Massimo Pellegrino
Responsabile di produzione: Franco Busti
Responsabile di redazione: Laura Rapelli
Redazione: Sara Sorio
Responsabile grafico: Meri Salvadori
Fotolito e prestampa: Federico Cavallon, Fabio Compri
Segreteria di redazione: Emanuela Costantini

Stampa e confezione: Grafiche Busti srl, Colognola ai Colli (VR), azienda certificata FSC®-COC con codice CQ-COC-000104

© 2016 GRIBAUDO - IF - Idee editoriali Feltrinelli srl
Socio Unico Giangiacomo Feltrinelli Editore srl
Via Andegari, 6 - 20121 Milano
info@gribaudo.it
www.gribaudo.it

Prima edizione: 2018 [11(O)] 978-88-580-2269-6

Tutti i diritti sono riservati, in Italia e all'Estero, per tutti i Paesi. Nessuna parte di questo libro può essere riprodotta, memorizzata o trasmessa con qualsiasi mezzo e in qualsiasi forma (fotomeccanica, fotocopia, elettronica, chimica, su disco o altro, compresi cinema, radio, televisione) senza autorizzazione scritta da parte dell'Editore. In ogni caso di riproduzione abusiva si procederà d'ufficio a norma di legge. Ogni riferimento a persone, cose o aziende ha l'unica finalità di aiutare il lettore nella memorizzazione.

IL RAZZISMO È UNA BRUTTA STORIA.
razzismobruttastoria.net

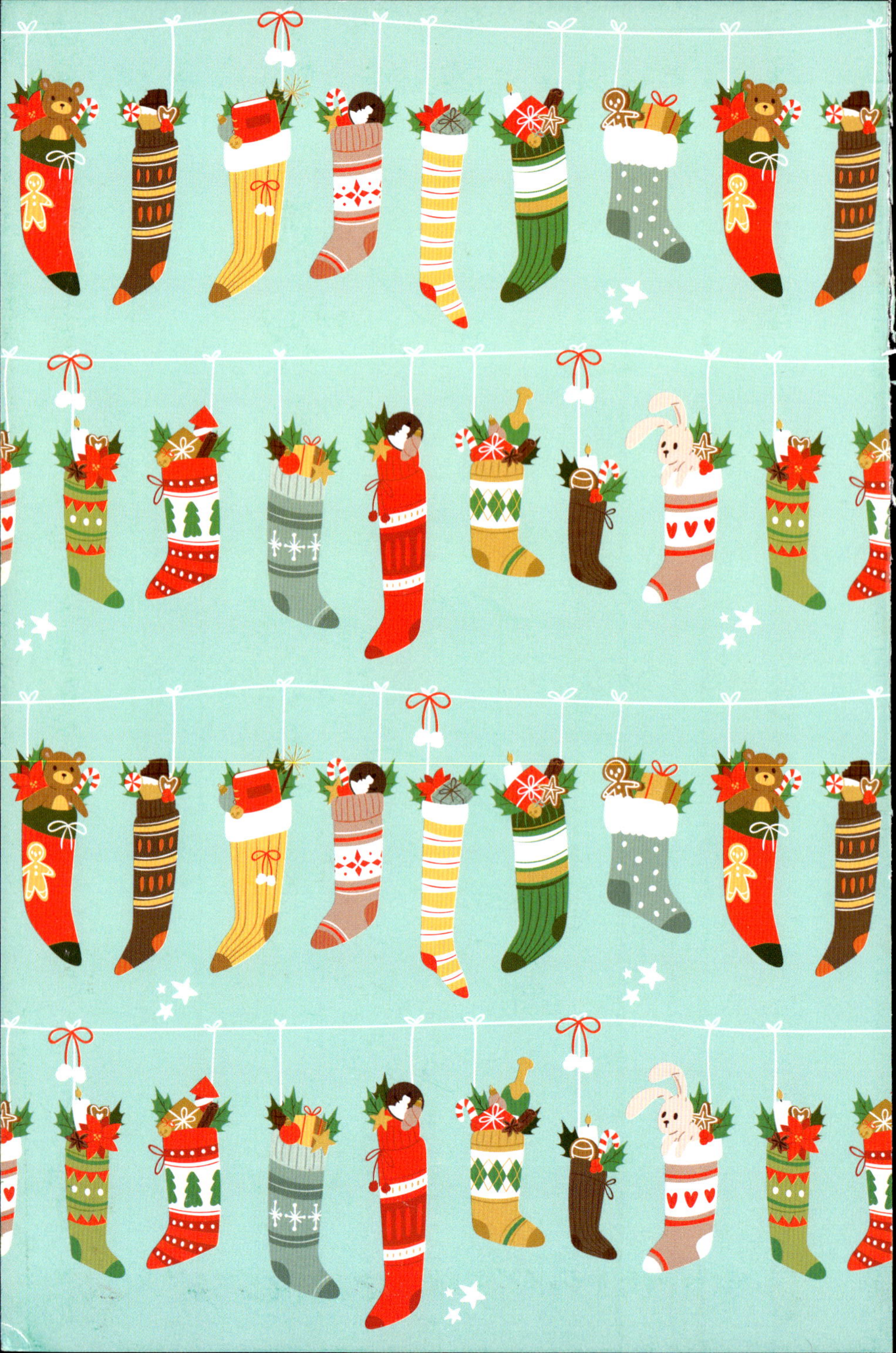